W0200992

WLADIMIR
KAMINER

Das Leben ist (k)eine Kunst

WLADIMIR
KAMINER

Das Leben ist (k)eine Kunst

MANHATTAN

MIX
Papier aus verantwortungsvollen Quellen
FSC
www.fsc.org
FSC® C083411

Verlagsgruppe Random House FSC® N001967
Das für dieses Buch verwendete FSC®-zertifizierte Papier *EOS*
liefert Salzer Papier, St. Pölten, Austria.

Dieses Buch ist auch als E-Book erhältlich

Manhattan Bücher erscheinen im
Wilhelm Goldmann Verlag, München,
einem Unternehmen der Verlagsgruppe Random House GmbH

1. Auflage
Erstveröffentlichung September 2015
Copyright © 2015 by Wladimir Kaminer
Copyright © dieser Ausgabe 2015
by Wilhelm Goldmann Verlag, München,
in der Verlagsgruppe Random House GmbH
Die Nutzung des Labels Manhattan erfolgt mit freundlicher Genehmigung
des Hans-im-Glück-Verlags, München
Umschlaggestaltung und Konzeption:
Buxdesign · München,
unter Verwendung von Autorenfotos von
Boris Breuer © 2015
Satz: Uhl + Massopust, Aalen
Druck und Bindung: CPI books GmbH, Leck
Printed in Germany
ISBN 978-3-442-54730-2
www.manhattan-verlag.de

versinkt die rote **Sonne**
hinter dem **Humboldthain**
Bald schenkt ihm **niemand mehr** *– reinen* **Wein ein**
(außer Uschi)

H.H.

Inhalt

INHALT

Madonna

Jürgen las die Nachricht wieder und wieder. Zuerst dachte er, einer von seinen Mitarbeitern wolle ihn auf den Arm nehmen. In der E-Mail stand, dass die weltberühmte Sängerin Madonna, die einen Film über Osteuropa mitproduziert hatte, die Berlinale besuchen würde und ihre Premierenparty in seiner Kneipe Ostbär feiern wolle – und zwar übermorgen. Das Management von Madonna würde die Party vorbereiten und frage nun an, ob der Laden am Samstag zu mieten wäre. Er solle, falls Interesse bestünde, so schnell wie möglich beim Management anrufen.

Jürgen lachte und schüttelte ungläubig den Kopf. Madonna? In seinem Laden? Aber warum eigentlich nicht? Er schaute im Internet nach: Tatsächlich war Madonna in der Stadt, und den Film, den sie angeblich mitproduziert hatte, gab es wirklich. Es ging darin um die Reise eines jungen Amerikaners in die Ukraine oder so ähnlich. Allerdings war der Film nicht gerade neu, er lief in Amerika bereits im Kino und wurde deswegen auf der Berlinale nicht im Wettbewerb, sondern in einem Rahmenprogramm gezeigt, das Filmen über Osteuropa gewidmet war. Jürgen hatte den Film nicht gesehen, er hatte ehrlich gesagt auch Madonna noch nie gehört. Zu Hause hörte er Rock – Punkrock. Er hatte alle CDs von Den Ärzten, und einige Platten von AC/DC.

Auch für Filme über Osteuropa hatte er sich nie interessiert, er wohnte in Osteuropa. In einer Berliner Vorstadt geboren und aufgewachsen, merkte er auch nach Jahrzehnten im Kapitalismus, dass der Osten zwar vom Westen unterwandert, besetzt, aber nicht aufgelöst worden war. Die Bewohner des Ostens waren in der Konsumgesellschaft angekommen, aber geistig und kulturell hatten sie ihre Eigenständigkeit bewahrt, ihre karge Sprache und ihr in den sozialistischen Jahren errungenes Recht auf Faulheit. Alles Eigenschaften, die jeden Wessi auf die Palme brachten. Der Widerstand des Ostens war nicht gebrochen. Die kapitalistischen Geschenke wurden hier zwar gerne angenommen, die Billigwaren wortlos konsumiert, die verführerischen Fernsehshows und amerikanischen Serien, die ganze dekadente Belustigungspalette mit höflichem Interesse wahrgenommen. Doch wenn es darum ging, die Ärmel hochzukrempeln und sich endlich richtig ausbeuten zu lassen, den eigenen Sklavenbeitrag auf den Baustellen des Kapitalismus zu leisten, dann schrieb sich der Osten krank, beschwerte sich über unerträgliche Rückenschmerzen und nahm dem Ausbeuter gegenüber die bekannte Straußenpose ein: den Kopf in den (märkischen) Sand gesteckt, den Hintern zum Feind gerichtet.

Viele Wessis, die nach der Wende mit großen Plänen in den Osten gekommen waren, scheiterten mit ihren »Projekten«. Daran konnte auch Madonna, dieses MTV-Flittchen mit ihren Filmen, nichts ändern, dachte Jürgen. Oder war alles doch bloß ein dummer Witz? Ohne lange zu überlegen, wählte Jürgen die Nummer von Madonnas Management.

»Hallo!«, sagte eine Frauenstimme.

Madonna!, dachte Jürgen, und sein Herz hörte für eine halbe Sekunde auf zu schlagen.

Eine angenehme Stimme bestätigte den Auftrag und fragte nach, ob es möglich wäre, jetzt gleich eine Bestätigung für die Feier zu bekommen. Außerdem sei es wichtig, die Höhe des Mietpreises zu klären.

»Ich muss mich zuerst mit meinen Partnern darüber beraten, ich rufe Sie in fünf Minuten wieder an«, log Jürgen und legte auf.

In Wirklichkeit hatte er gar keine Partner. Die Kneipe mit unvergesslichem Ostberliner Charme made in DDR mit Originaltapete von damals und einer sozialistischen Preistafel aus der Zeit, als ein Bier noch 1,30 Mark gekostet hatte, gehörte ihm allein. Mehrmals in den letzten Jahren hatte er hier Menschen mit Kameras zu Besuch gehabt, ein Mal, zum Mauerjubiläum, waren sogar Schweden gekommen, japanische Touristen kamen ebenfalls, und irgendwann geriet seine Kneipe in die Berlin-

Reiseführer als ein Ort, an dem »der Schweiß des Mauerbaus noch an den Tapeten klebte«. Jürgen und seine Freunde hatten damals über diesen Satz sehr lachen müssen. Es war eigentlich kein Wunder, dass Madonna seinen Laden ausgewählt hatte. Es gab gar nicht so viele Orte, die ihre Vergangenheit mit einer solch hartnäckigen Nachhaltigkeit pflegten wie der Ostbär.

Je länger Jürgen darüber nachdachte, umso unvermeidlicher erschien ihm diese Begegnung. Madonna und er, ihre Wege mussten sich früher oder später kreuzen, wenn sie sich tatsächlich für den Osten interessierte. Nur in einem Punkt hatte er noch keine Klarheit. Was sollte er von Madonna für diesen Abend verlangen? Bei den wenigen Vermietungen, die er pro Jahr hatte, nahm er in der Regel zwischen 300 und 500 Euro pro Abend, ohne Essen und Getränke. Einmal, als ein ehemaliger Mitarbeiter seinen Geburtstag feiern und die ganze Kneipe nur für sich und seine Gäste haben wollte, nahm er sogar nur einen Hunderter von ihm. Ein andermal, als eine Firma, die Druckerpatronen produzierte, ihre Weihnachtsfeier in seiner Kneipe abhalten wollte, nahm er dafür 1000 Euro. Aber was war ein Tausender für Madonna? So viel gab sie wahrscheinlich pro Tag für Lippenstifte aus.

Jürgen überlegte und überlegte und war sich doch unsicher. Er wollte nicht zu wenig verlangen, hatte gleichzeitig aber Angst, Madonna abzuschrecken, wenn er zu viel fordern würde. Er rief Markus, seinen Geschäftsführer, an und schilderte ihm kurz das Problem.

»Was soll ich von Madonna für einen Abend verlangen?«, fragte er ihn.

»Verlangen? Bist du vollkommen übergeschnappt?«, schrie Markus in den Hörer. »Du darfst nichts von Madonna verlangen, du musst froh sein und dich glücklich schätzen, dass dir so etwas Großartiges überhaupt passiert. Madonna kommt in deinen Laden! Einfach so! Andere Länder zahlen Millionen, um sie einzuladen, damit sie ihnen aus sicherer Entfernung ein bisschen was vorsingt.«

»Ich möchte aber nicht, dass sie singt«, erwiderte Jürgen. »Ich habe sie auch gar nicht eingeladen, sie ist von alleine gekommen. Ich nehme 2500 Euro, ich glaube, das ist okay.«

»Du bist ein verrückter Hund!«, japste Markus. »Wetten wir, dass sie nicht zahlt?«

»Wir wetten!«, sagte Jürgen, legte auf und wählte sogleich die Nummer von Madonnas Management.

»Tach, Ostbär hier«, sagte er. »Meine Partner und ich, wir sind bereit, Ihnen den Laden zu vermieten – für 2500 Euro. Sagen Sie genau, was Sie brauchen, wie viele Gäste werden erwartet, wie viel Personal muss ich bestellen, welche Getränke besorgen, möglicherweise brauchen Sie einen DJ …«

»2500 Euro ist etwas teuer«, sagte die Frau nachdenklich. »Ginge es auch für rund 2000?«

Natürlich ginge es für 2000!, schrie alles in Jürgen. Er ließ sich aber nichts anmerken und sagte nein, das ginge leider nicht, er müsse ja schließlich die Kneipe für einen ganzen Abend komplett schließen und das an einem Samstag, dem umsatzstärksten Tag in der Woche.

»Am Samstag machen wir das Hauptgeschäft, verdienen das meiste Geld«, sagte Jürgen zu der Frau am anderen Ende der Leitung. »Ich bin Ihnen sowieso schon freundschaftlich entgegengekommen«, meinte er etwas pampig und hörte, wie die Frau am anderen Ende auflachte.

»Gut, wenn dem so ist – wir zahlen den von Ihnen verlangten Preis. Über das Personal und die Sicherheit brauchen Sie sich keine Sorgen zu machen, wir bringen unsere eigenen Leute mit. Wir sind sehr daran interessiert, dass sich an diesem Abend kein Fremder, also kein von uns nicht eingeladener Gast, im Raum aufhält, auch nicht Ihre Freunde oder Mitarbeiter.«

Jürgen verschlug es beinahe die Stimme – diese Arschlöcher!

»Das geht nicht, ich habe eine sehr sensible Zapfanlage, nur meine Leute können mit ihr richtig umgehen«, sagte er.

»Wir brauchen Ihre Zapfanlage nicht, wir bringen eigene Getränke mit«, sagte die Sprecherin des Madonna-Managements. »Das Einzige, was wir von Ihnen brauchen, sind die Schlüssel. Können wir morgen gegen 18.30 Uhr kommen? Und ich möchte Sie auch noch bitten, den Inhalt unseres Gesprächs nach Möglichkeit diskret zu behandeln, auch die Tatsache, dass unser Filmteam und Frau Ciccone am Samstag im Ostbär feiern.«

Jürgen legte auf und atmete erst einmal tief durch. Trotz des hohen Preises fühlte er sich von Madonna angepisst. Diese Hochnäsigkeit und dieses Misstrauen. Es gab Frauen, die sich von Anfang an für etwas Besseres hielten, im Mann nur eine Art Haustier oder Zimmerpflanze sahen, keinen gleichberechtigten Partner, keinen Freund, sondern jemanden, den man entweder begießen muss wie einen Baum oder melken wie eine Kuh. Seine Ex war auch eine solche Frau. Während er sich um ihre gemeinsame Zukunft gekümmert und ihre Existenzsicherung betrieben hatte, die leere heruntergekommene Kneipe übernommen und sie mit Schweiß und Blut zu einem gut gehenden Geschäft ausgebaut hatte, dafür manchmal Tage und Nächte in der Kneipe verbringen musste, schloss sie ihr BWL-Studium ab, wurde selbstständig, eröffnete eine eigene Fahrschule und brannte schließlich mit einem ihrer Fahrlehrer durch. Sie war Madonna nicht unähnlich, hatte auf jeden Fall die gleiche Frisur.

Zwei Mal hatte sich Jürgen auf langfristige Beziehungen eingelassen, und beide Male waren sie zerbrochen. Seine zweite Freundin, eine professionelle Sportlerin, hatte ihn wegen eines Skilehrers sitzenlassen, den sie während ihres einzigen Skiurlaubs in den Bergen kennengelernt hatte – nach drei Jahren Zusammenleben. Und trotzdem zog es ihn immer wieder zu solchen selbstbewussten, selbstständigen Frauen wie einen Spieler an den Pokertisch.

In Vorbereitung auf den Samstagabend hatte Jürgen über Madonna weiter im Internet recherchiert. Er hatte unter anderem in Wikipedia Näheres über sie erfahren und dabei nach und nach Ähnlichkeiten zwischen seinem und Madonnas Leben entdeckt. Auch sie bevorzugte selbstbewusste Partner, auch sie wurde von ihren Partnern mehrmals enttäuscht, auch sie war mit einem Sportler, einem Fitnesstrainer, liiert gewesen. Genau wie Jürgen schien Madonna ein Arbeitsfreak zu sein, eine Workaholicerin, die ihr Leben vor allem als Arbeitseinsatz verstand. Auf den meisten Fotos sah sie hübsch aus, große Augen, blonde Haare und ein frisches freches Lächeln, als wäre sie nicht vor einem halben Jahrhundert, sondern erst vor zwanzig Jahren auf die Welt gekommen. Je länger sich Jürgen mit Madonna beschäftigte, desto mehr gefiel sie ihm. Er fand sie nett. Ihr einziger Nachteil war – sie sang. Sie tat es mit großer Hingabe und war bestimmt bei allen Fans der Popmusik zu Recht beliebt. Leider mochte Jürgen Popmusik nicht, sie ging ihm auf die Nerven. Aber was soll's, sagte er sich, nobody is perfect.

Er bereitete sich innerlich auf das Treffen mit Madonna vor, frischte seine mangelnden Englischkenntnisse auf und stellte sich immer wieder vor, was er zu Madonna sagen, wie er sich vorstellen würde. Er hatte einiges erlebt in der DDR, wovon Madonna nicht einmal träumte, er könnte ihr viel erzählen – nicht nur über Osteuropa.

Die Zeit verstrich schnell. Noch zwei Mal meldete sich

ihr Management, und Markus rief ebenfalls an, um zu fragen, ob er am Samstag kommen dürfe.

»Du darfst leider nicht«, wimmelte Jürgen ihn ab.

Einmal rief die Bild-Zeitung an: »Verehrter Herr Jürgen, unserer Zeitung liegen Informationen vor, wonach Madonna morgen in Ihrer Kneipe Ostbär ihre Filmparty feiern soll. Können Sie uns diese Information bestätigen?«

Woher haben die bloß meine Nummer?, überlegte Jürgen und weigerte sich, die Nachricht zu bestätigen, er dementierte sie aber auch nicht. Wie viele andere verachtete er die Bild-Zeitung, blätterte sie jedoch ab und zu durch und war in gewissem Maß durch diesen Anruf geschmeichelt. Es gefiel ihm, dass die größte Boulevardzeitung Deutschlands sich für sie beide interessierte: für ihn und Madonna. Der Ostberliner und die Italoamerikanerin – »Madonna hat einen neuen Lover in Berlin gefunden«, so stellte sich Jürgen in der Fantasie die Titelseite der Bild-Zeitung vor. Was für ein Quatsch!

Natürlich war das Quatsch. Andererseits merkte er überdeutlich, dass etwas geschah, etwas veränderte sich in seinem Leben. Die Grenze zwischen Zufall und Schicksal war hauchdünn, und vielleicht war sein vorheriges Leben bloß eine Ouvertüre gewesen, das Vorspiel zu einem anderen, zum wahren Leben – als Mann an Madonnas Seite zum Beispiel. Eines stand fest, sie waren beide Singles.

Die Zeitungsfuzzis riefen noch einmal und dann noch einmal an, sie verhandelten immer frecher mit ihm und bestanden quasi darauf, dass er irgendwelche Berichterstatter durch die Hintertür in seine Kneipe einschleuste. Es war nicht mehr lustig, und Jürgen warnte sie ganz direkt, ihn nicht weiter mit Anrufen zu belästigen. Es half nicht. Am Samstag rief die Bild-Zeitung beinahe alle zehn Minuten bei ihm an, immer andere Stimmen, die ihm die Ohren zerkauten. Schließlich schaltete er das Handy einfach aus. Seine Mitarbeiter bekamen frei. Sie alle wussten Bescheid, was im Laden los sein würde, auch bei ihnen hatte die Zeitung wahrscheinlich schon angerufen. Vielleicht hatte auch Markus sofort alles weitergetratscht. Dieser Wichtigtuer. Alle waren sauer, dass man sie derart ausschloss.

Jürgen bereitete sich zu Hause auf den Abend vor, ein wenig war ihm mulmig ums Herz: Was sollte er anziehen, was sagen? Nach langem Überlegen entschied er sich gegen Lederhose und T-Shirt und für seinen Anzug. Doch der Anzug war alt, er hatte ihn das letzte Mal zur Beerdigung seines Vaters zwei Jahre zuvor getragen. Also entschied er sich dann doch für Jeans und ein schwarzes Hemd.

»Sie und ich, wir könnten einander einiges erzählen« – das wäre zum Beispiel ein Satz für den Einstieg.

Aber zu lange Geschichten konnte er nicht bringen, dazu reichten seine Sprachkenntnisse nicht aus. Und was sollte sie ihm schon erzählen? Vielleicht andersrum: »Kommen Sie, ich zeige Ihnen meine Kneipe.«

Was interessierte sie seine Kneipe?

»Ich mag Ihren Gesang und Ihren Tanz!«

Gott, war das schwer.

Jürgen schaute in den Spiegel und fand sich hässlich. Daraufhin zog er doch den alten Anzug an, setzte sich vor die Glotze und machte ein Bier auf. Es war erst halb acht, die Party sollte kurz vor Mitternacht losgehen.

»Sie und ich, wir haben uns einiges zu sagen.«

Nein: »Wir haben uns viel zu sagen …«

Es war halb fünf, als er aufwachte. Jürgen schaute auf die Uhr, ins flimmernde Fernsehen, wieder auf die Uhr und traute seinen Augen nicht. Wie konnte das passieren? Er lief runter und über die Straße zu seiner Kneipe, machte die Tür auf – es war niemand drinnen. Aber überall auf dem Boden lagen Flaschen, Gläser und Essensreste, Häppchen mit undefinierbarem Zeug, Ananasscheiben vergammelten auf einem langen Tisch, eine schmutzige Krawatte lag auf dem Tresen und mit Lippenstift verschmutzte Servietten. Sein Telefon war ausgeschaltet. Er machte es wieder an und wählte die Nummer von Markus.

»Du hast geschlafen? Du hast Madonna verschlafen? Ich glaub' es einfach nicht«, lachte Markus in den Hörer.

Jürgen versprach Markus eindringlich, ihm unheimliche Schmerzen zuzufügen, wenn nur eine Menschenseele etwas davon erfahren würde.

»Ich war da«, sagte Jürgen. »Wir waren die ganze Nacht mit Madonna zusammen, und wir haben getanzt. Sie ist eine Klassefrau und menschlich in Ordnung. Wehe, du sagst irgendetwas anderes.«

Doch schon am nächsten Tag wussten alle Bescheid. Natürlich sprach in seiner Gegenwart niemand darüber, die Menschen hängen immerhin ein bisschen an ihrem Arbeitsplatz. Doch hinter vorgehaltener Hand wurde Jürgen als der Mann bezeichnet, der Madonna verschlafen hatte.

50 Cent und die Toilettenfrau

Menschen handeln häufig nach Gefühl, aus dem Bauch heraus. Sie können sich dabei einbilden, streng nach Vernunft, gar nach Kalkül, vorzugehen. Sie glauben, alles durchgerechnet und im Griff zu haben. Doch hinter jedem Kalkül steckt immer eine Illusion, ein Traum, ein Missverständnis. Aufgrund von solchen Illusionen werden Kriege geführt, Friedensverträge geschlossen, die UNO trommelt ihre Blauhelme zusammen, Menschen treffen sich, Menschen verlieren sich. Und wer bringt alles wieder in Ordnung? Wer biegt den gekrümmten Stahl gerade? Wer näht die Löcher wieder zu? Jemand, den wir nicht kennen. Ich sage nur, im Hintergrund jedes Weltgeschehens steckt immer irgendeine bescheidene Person. Zum Beispiel eine Toilettenfrau aus Sachsen, die alle Strippen in der Hand hält.

Hierzu ein Beispiel: Mein alter Freund Tony gehört zu der kleinen Gruppe der ehemaligen Bürger der DDR, die von der Wende profitiert haben. In seinem früheren Leben kellnerte Tony in seiner Heimatstadt in einem sozialistischen Restaurant. 1990 fing er als Erster an, Bier und Würstchen im Stadion zu verkaufen. Damit zog er durch Sachsen und Thüringen und das mit großem Erfolg. Tony hatte die brillante Idee, seine Würstchen in »Hot Dogs« umzutaufen. In Sachsen hatte es zwar schon immer gute Würste gegeben, aber keine »Hot Dogs«. Tony wurden die Dinger buchstäblich aus der Hand gerissen. Er stellte mehrere Imbissbuden quer durch die neuen Bundesländer auf, eröffnete das erste Irish Pub, das erste Steakrestaurant, mehrere Cocktailbars und zuletzt einen großen Club mit eigener Brauerei.

Er war erst 35, aber manchmal überfiel ihn schon die Langeweile. Er suchte neue Herausforderungen und Abenteuer. Er flog für drei Tage nach Afrika auf Safari, dann nach Rio zum Karneval, wo er eine Brasilianerin kennenlernte, die er nach Sachsen abschleppte. Die Brasilianerin hörte auf den Namen Sabine, war zwei Meter groß, sachsenfeindlich und eifersüchtig wie ein Othello auf Speed. Sabine beschwerte sich bei jeder Gelegenheit über das schlechte Wetter und die langweiligen Männer in Deutschland. Im Jahr darauf packte sie all seine Geschenke zusammen und flog nach Brasilien zurück. Für Tony war das ein harter Schlag. Er gab seiner Stadt und seinen muffigen Mitbürgern die Schuld an Sabines Rückzug. Er hatte die Nase gestrichen voll davon, in einem Provinznest zu leben, aber umziehen wollte er auch nicht. Tony beschloss, seiner Heimatstadt ein neues Image zu verpassen, Weltstars einzuladen, große Konzerte zu veranstalten, die Jugendkultur voranzutreiben, es richtig krachen zu lassen und dann vielleicht noch einmal Sabine einzuladen.

Als Erstes lud er den amerikanischen Rapper 50 Cent ein, der gerade eine Tour durch Europa plante. Es war ein glücklicher Zufall. Für 50 Cent ging in Amerika die Sonne des Erfolgs langsam unter, er kam in den zahlreichen Hitparaden nicht mehr vor, galt aber noch immer als Superstar. Es war für ihn genau die richtige Zeit, Europa zu entdecken. Aus dem Vertrag mit 50 Cent, in dem allein die »Bedürfnisse des Künstlers« drei Seiten lang waren, ging deutlich hervor, dass Bescheidenheit nicht zu dessen Tugenden zählte. Zu den Bedürfnissen des Rappers gehörten eine weiße Limousine, fünf Kisten Champagner und 200 000 Dollar bar auf die Hand. Gebongt, schrieb Tony an die Agentur des Rappers und bekam damit die Ehre, als erster Veranstalter von 50 Cent in Sachsen in die Annalen der Musikgeschichte einzugehen.

Finanziell war dieses Konzert ein absehbares Desaster, das wusste mein Freund von Anfang an. Die Sachsen sind sowieso keine Rapper, die Revolution liegt ihnen nicht im Blut. Sie mögen eher Kuschelrock mit ostdeutschem Hintergrund. Doch selbst wenn die Puhdys spielten, kamen gerade mal tausend Leute in der Sportarena zusammen. Aller Anfang ist schwer, dachte Tony. Er besorgte das Bargeld und die Limousine, gewann sogar »Rotkäppchen Sekt« als Partner. Die Firma wollte bei den jungen Leuten für ihre prickelnden Produkte Werbung machen und sponserte für die Veranstaltung zehn Kisten »Käppchen Lux Superior«, das Edelste, was sie anzubieten hatte. Dazu noch zehn Kisten des Mixgetränks »Rotkäppchen vs. Wolf«, eine Mischung aus Sekt und Tequila. Das Teufelszeug sollte als Begrüßungsdrink verteilt werden.

Tony war mit der Vorbereitung des Konzerts voll ausgelastet. Vor lauter Aufregung hatte er Sabine schon fast vergessen. Zum verabredeten Termin landete 50 Cent mit einer gecharterten Maschine in Tonys Heimatstadt und trat in der Sportarena auf. Das Konzert war besser besucht als eines der Puhdys, obwohl auch nicht ausverkauft. Tony steckte dem Rapper noch 2000 Euro in die Tasche, damit er nach dem Konzert zu der eigens für ihn arrangierten Afterwork-Party in Tonys Club käme. Dort stellte er dem Rapper sein Team vor – den Programmdirektor, den Finanzdirektor, den Gastronomen, den Sicherheitschef… Alle schüttelten dem Musiker die Hand und wollten sich mit ihm fotografieren.

Nichts davon wusste Susi, die Toilettenfrau, die in der unteren Etage mit ihrem Tellerchen und kleinem Fernsehgerät im Durchgang zu den Toiletten saß. Susi hatte ein Glasauge und war in der Stadt eine Legende – auf jeden Fall viel bekannter als der amerikanische Gast. Nicht jeder traute sich, in Tonys Club auf die Toilette zu gehen, denn Susi war eine überaus gewissenhafte Toilettenfrau. Sie liebte Ordnung und Sauberkeit und forderte dasselbe auch von ihren Besuchern. Wenn sich jemand ihrer Meinung nach falsch benahm, zum Beispiel absichtlich danebenpinkelte, dann verpasste Susi ihm schon mal locker einen Tritt in den Hintern. Sie hatte einmal bei einer Harley-Davidson-Party einem Rocker die Lederjacke mit einer Schere auf dem Rücken zerschnitten, als er sie umarmen wollte, und einen schwäbischen Geschäftsmann biss sie in den Finger, als er ihr aus Spaß das Kleingeld vom Teller klauen wollte. Manche Gäste hatten im Laden sogar Toilettenverbot. Die Teenies hatten bei ihren Partys Angst aufs Klo zu gehen, sie pinkelten sich lieber in die Hose, als sich von dem »Glasauge« erwischen zu lassen.

Für viele im Club war es ein Rätsel, warum Tony diese völlig durchgeknallte Rentnerin überhaupt beschäftigte. Nur die wenigen Eingeweihten wussten Bescheid. Im früheren Leben in der sozialistischen DDR, als Tony noch kein cooler Clubbesitzer war, sondern ein kleiner Junge mit einem Schlüsselbund um den Hals, der bei seiner Mutter lebte, wohnte Susi ihnen gegenüber auf demselben Flur im Erdgeschoss eines großen Mehrfamilienhauses. Tonys Mutter arbeitete in der Kantine eines Betriebes, und oft, wenn die Leitung des Betriebes etwas zu feiern hatte, musste sie Überstunden machen. Tony hatte keine Lust, währenddessen allein in der Wohnung zu sitzen, und ging zu Susi. Sie hatte bei einem Betriebsunfall ein Auge verloren, bekam eine Invalidenrente, sah nicht schön aus und hatte deswegen nie einen Mann abbekommen. Tony und Susi aßen zusammen und spielten zusammen Lotto. Susi kuckte sogar das Sandmännchen mit, aber nur wenn Tony seine Hausaufgaben erledigt hatte, denn Ordnung musste sein, und Susi war eine sehr gewissenhafte Frau.

Dann kamen die neuen Zeiten, Tonys Mutter starb, und er wurde zum obercoolen Clubbesitzer. Susi langweilte sich zu Hause, bat Tony um eine Anstellung und bekam von ihm diese Arbeitsstelle vor der Toilettentür seines Clubs zugewiesen. Susi erledigte ihren Job mit großer Hingabe und genoss bei den Mitarbeitern große Autorität. Es war klar, eher würde Tony den Programmdirektor rausschmeißen, den Finanzdirektor oder den Koch – Susi wäre unter allen Umständen geblieben.

Die Party erreichte gegen drei Uhr nachts ihren Höhepunkt. Der amerikanische Gast trank fleißig, pendelte von Tisch zu Tisch, und unweigerlich näherte sich der Augenblick, da ihm klar wurde, dass er dringend auf die Toilette musste. Susi schaute gerade eine Filmwiederholung im Ersten Programm, als ein schwarzer Mann mit einer großen Sektflasche sich vor ihr aufbaute. Männer, die mit Flaschen auf die Toilette gehen, hatte Susi noch nie leiden können. Doch der Mann war ein Fremder und handelte möglicherweise aus Unwissenheit falsch. Sie streckte ihre Hand aus, um dem nächtlichen Gast die Flasche abzunehmen, und sagte »50 Cent«. Ich habe vergessen zu erwähnen, dass das Toilettengeld in diesem Laden willkürlich von Susi auf 50 Cent pro Person festgelegt worden war. So viel war ihr die Reinigung und Instandhaltung der Räume wert.

Der Rapper war von diesem Empfang ziemlich beeindruckt. Er hielt sich zwar für einen ganz Großen, hatte jedoch nicht damit gerechnet, dass seine Popularität so weit reichen würde. Spontan beschloss er, der Frau einen Gefallen zu tun. Er nahm ihren Kugelschreiber vom Tisch, um ihr auf ihren Kittel ein Autogramm zu kritzeln. Zehn Minuten später klopfte der Leiter des Sicherheitsdienstes an Tonys Bürotür, als der gerade den schönen Mädchen aus der 50-Cent-Begleitgruppe seine Afrika-Trophäen zeigte: Antilopenschädel und einen Tigerzahn, für teures Geld in einem Souvenirladen unter dem Tresen gekauft. Der Sicherheitschef meldete verlegen, dass es zu einer Schlägerei auf der Toilette gekommen sei – Susi gegen 50 Cent.

Sie gingen zusammen nach unten und halfen dem Sänger wieder auf die Beine, sein Gesicht war zerkratzt.

»Was ist passiert, Susi?«, fragte Tony.

»Er wollte nicht zahlen«, antwortete sie.

Tony und der Sicherheitschef gaben dem Rapper prophylaktisch eine Kopfnuss, trugen ihn an die frische Luft und steckten ihn in seine Limousine.

So ging sein erstes und letztes Konzert in Ostdeutschland zu Ende. Bald darauf verabschiedete er sich gänzlich von der Bühne und wurde Produzent. Und egal was passiert, er geht nie mehr mit einer Flasche auf die Toilette. Denn Ordnung muss sein.

Die Schlüssel zur Wahrheit

Der Kampf gegen ungesunde Gewohnheiten eint die Menschen nicht, er bringt sie noch weiter auseinander. Meine Stammkneipe »Schall und Rauch«, im verrauchten und versoffenen vorigen Jahrhundert entstanden, passte sich den neuen Zeiten an. Zuerst durften die Raucher nicht mehr mit den Nichtrauchern zusammen an einem Tisch sitzen, später, als das Rauchen generell verboten wurde, verwandelte der ideenreiche Wirt seine Kneipe in einen Club. Er ließ 2000 Schlüssel anfertigen und in die Tür ein zweites Schloss einbauen. Jeder Stammgast bekam für den Preis von zehn Euro einen eigenen Schlüssel und wurde Clubmitglied. Ein Fremder hatte dadurch keine Chance reinzukommen, es sei denn, er kannte jemanden mit einem Schlüssel.

Die meisten Stammgäste nahmen die Schlüsselidee mit Begeisterung auf, sie fühlten sich plötzlich als Mitbetreiber, obwohl sie nicht an den Gewinnen beteiligt waren. Immerhin durften sie mitentscheiden, wer reindurfte, konnten Gäste mitbringen und ungestört zusammen qualmen. Doch die meisten Gäste, die dort am Abend saßen, kamen allein. Ihre gebeugte Haltung, tief gesenkten Köpfe und Hände verrieten, dass ihre besten Freunde Smartphones waren. Dort spielte ihre Musik, dort wurde eine ihnen genehme Kunst diskutiert, von hier bekamen sie Botschaften von ihren Freunden.

Ich finde, es sieht komisch aus, wenn Menschen einander gegenübersitzen und sich auf die Hände schauen. Aber es ist die Realität des neuen Jahrhunderts, deswegen spielt der Wirt auch keine Musik mehr, um seine Clubgäste nicht zu stören. Denn jeder hat längst seine Musik mit.

Es war also still in der Schlüsselkneipe, alle starrten auf kleine Bildschirme, nur wir redeten. Wir, Menschen des vorigen Jahrhunderts, saßen in einer Gesellschaft am Tisch, die ausschließlich aus Künstlern bestand: eine Dichterin, ein Maler, eine Geigerin und ich, alles Menschen aus der Zeit, als Künstler noch Handwerker waren, keine Internetdesigner. Ich hatte seit drei Wochen nichts geschrieben und war deswegen melancholisch gestimmt. Könnte es sein, dass die Welt mir schon alles gesagt hat, was zu sagen war?, überlegte ich. Aus dieser Melancholie heraus warf ich die Frage in die Runde, ob meine Zeitgenossen ihre Kunst noch schätzten oder brauchten.

»Für mich zählte schon immer nur der Orgasmus«, sagte die Geigerin sehr überzeugend. »Die Quintessenz der Musik. Ganz egal, welches Werk gespielt wurde, vor Publikum oder ganz ohne, auf der Probe oder im Konzert, in Bremen oder in Frankfurt an der Oder, das hatte nie eine Bedeutung für mich. Alles tat ich nur für diesen einen Moment, der immer unerwartet kommt, an den Stellen, die man schon tausend Mal durch hat. Plötzlich nimmt die Flöte zwei Töne zu tief, der Dirigent stockt für eine Sekunde, die Geigen gehen höher, du kriegst eine Gänsehaut am ganzen Körper, deine Haare stehen zu Berge, und du siehst einen schnellen Lichtwechsel vor den Augen: dunkel, hell, noch heller, ganz dunkel. Nach einem solchen Spiel fühle ich mich gleich zehn Jahre jünger.

Leider ist der Musikorgasmus schwer zu bekommen, schwieriger als der beim Sex«, erzählte die Geigerin weiter. »Wie jede Liebe ist Musik eine kollektive Leistung, man sollte die Orchestermitglieder am besten lange und gut kennen. Mit immer neuen Partnern klappt es nicht. Man muss viel üben und Geduld mit den anderen haben, nicht schimpfen, wenn sie danebengreifen. Aber das Ergebnis lohnt sich allemal. Bei fünfzig Konzerten im Jahr habe ich ungefähr zwanzig Orgasmen. Es geht, ich bin zufrieden«, gestand die Geigerin.

»Ich male aus Abwehr, ich will nur das fertige Bild aus meinem Kopf haben«, erklärte der Maler. »Die Vorbestimmtheit des Seins verfolgt mich von Kindheit an. Als Kind bin ich jeden Morgen mit dem Gefühl aufgewacht, genau zu wissen, was jetzt kommen würde. Alle Fragen meiner Eltern konnte ich voraussehen. Hast du dir die Zähne geputzt? Hast du deine Hausaufgaben gemacht?

Hast du den Ranzen gepackt? Ich wusste immer schon im Voraus, was die anderen sagen würden, ich wusste, wie meine Straße aussehen würde, wenn ich rauskam, meine Schule, unsere Hausfassade. Ich wusste sogar, wie die unbekannten Mädchen aussehen würden, die ich möglicherweise abends in einer Disko kennenlernte. Dieses störende Wissen ging mir total auf den Sack. Ich konnte mir nicht erklären, warum die Menschen zum Beispiel zu Wahrsagern gingen, um etwas über ihre Zukunft zu erfahren, wo ihnen doch die ganze Zukunft auf der Stirn geschrieben stand. Nichts störte mich mehr als die Vorbestimmtheit des Alltags.

Eines Tages merkte ich jedoch, ich konnte mich vom fertigen Bild in meinem Kopf befreien, wenn ich es auf eine Leinwand oder ein Blatt Papier malte. Kaum landete das Bild von der Straße, von der Hausfassade, von dem Mädchen auf der Leinwand, verschwand es aus meinem Kopf. Die Welt um mich herum wirkte plötzlich geheimnisvoll, sie verlor ihre klaren Linien und Konturen. Die Malerei war ein doppelter Gewinn. Ich war die vorbestimmte Welt los, die ich nicht ausstehen konnte, und konnte außerdem meine Bilder gut verkaufen. Viele Kunstsammler mögen vertraute Landschaften und Menschen, die sie kennen.«

Der Maler lächelte zufrieden.

»Und du?«, fragte er mich. »Warum bist du denn Schriftsteller geworden? Bist du als Kind beim Eishockey zu oft im Tor gestanden?«

Doch mir war nicht zum Spaßen zumute. Seit drei Wochen, wie gesagt, hatte ich keine einzige Zeile geschrieben und fühlte mich furchtbar arm. Schriftsteller sein sei eine Flucht, erzählte ich den Versammelten:

»Jeder von uns versucht, auf seine Art mit der Welt zu kommunizieren. Die einen kochen, die anderen reisen, die Dritten versuchen, die ganze Welt ins Bett zu kriegen. Wenn du einmal angefangen hast, über die Welt zu schreiben, ist es beinahe unmöglich, damit aufzuhören. Wie Vampire sind die Schreiber ihr Leben lang auf der Suche nach den richtigen, guten Geschichten. Sie ernähren sich von ihnen, wie sich Vampire von frischem Blut ernähren. Ihre Sucht lässt sie keine Sekunde in Ruhe. Zuerst durchforsten sie ihre Umgebung, und wenn die eigene Familie, alle Freunde und Feinde, die wilden Tänze der Jugend und der Morgen danach beschrieben sind, gehen sie auf die Straße und haben dort ebenfalls alles schnell abgegrast. Sie setzen sich ins Auto und fahren übers Land, fliegen ein Mal um die Welt, segeln über Ozeane, überall gieren sie nach dem richtigen Stoff.

Die Welt lacht über sie und versucht, ihnen hinterhältig falsche Geschichten unterzujubeln, viel zu süß oder zu sauer, um wahr zu sein. Nichts ahnend greifen die Schriftsteller danach und kotzen sich die Seele aus dem Leib wie Vampire, wenn sie statt Blut Kirschsaft bekommen. Oder noch schlimmer: Tomatensaft. Davon können sogar die Unsterblichen sterben. Doch manchmal, wenn sie am Rande der Verzweiflung angekommen sind und gar nicht weiterwissen, zeigt die Welt Gnade und gießt ihnen das Richtige, Hochprozentige ins Glas. Der Schriftsteller besäuft sich damit und feiert, doch seine Freude ist nie von Dauer, sein Durst ist unstillbar. Deswegen haben alle guten Schriftsteller einen schlechten Charakter«, brachte ich meine Erzählung zu Ende.

»Und Sie?«, fragten wir alle zusammen die Dichterin, die bis dahin nur schweigend in der Ecke gesessen und am Tomatensaft genippt hatte.

»Ich?«, wunderte sie sich. »Ich bin eigentlich Zahnärztin gewesen. Mein damaliger Mann, ebenfalls Zahnarzt, ein Mensch ohne Humor, aber mit Minderwertigkeitskomplexen, hatte am meisten Angst davor, von seinen Kumpels ausgelacht zu werden. ›Es ist doch lächerlich‹, sagte er immer wieder, ›wenn Mann und Frau beide Zahnärzte sind. Was würden die Leute über uns denken? Dass wir nachts einander in den Zähnen bohren? Ich bin ein unbegabter, zu nichts anderem fähiger Mensch, aber du hast so viele Talente. Könntest du nicht etwas anderes machen?‹ So bin ich Dichterin geworden und geblieben, obwohl ich mit dem Zahnarzt schon lange nicht mehr zusammenlebe. Falls aber jemand von euch Zahnschmerzen hat, kann ich vorbeischauen«, sagte die Dichterin und lächelte freundlich.

Alle zusammen schwiegen wir eine Weile. Man hörte in der Luft die Smartphones grunzen. Die Wege der Kunst sind unergründlich.

Das Geheimnis des Regenmachens

Mein Freund Andrej langweilte sich beruflich zwei Wochen lang in Peking. Er war von seiner Firma als Einkäufer für Elektronik dorthin geschickt worden, um mit einer chinesischen Produktionsfirma gute Verträge und eine Partnerschaft abzuschließen. Andrej kannte China nur aus den Büchern seiner Jugend. Damals hatte er das Land als eine der ältesten Zivilisationen der Welt bewundert, die es sogar mit dem alten Ägypten aufnehmen konnte, als Heimat der schönen Poesie und der großen Weisheit Zen-Dao, die dem Menschen schon vor langer Zeit einen direkten Weg zum harmonischen Leben zeigte. Lieber nichts tun, besagte diese Weisheit, denn jede deiner Taten kann zu unvorhergesehenen Folgen führen. Denke nicht, du bist der Lenker der Welt, versuche stattdessen, dich der Umgebung anzupassen. Auf diese Weise wirst du dich selbst besser verstehen können und weder dir noch den anderen ein Leid antun.

Das reale China aber schien diese Weisheit vergessen zu haben. Es war überaktiv, schmutzig und laut. Das ganze chinesische Volk trampelte von einem wirtschaftlichen Sieg zum nächsten, das ultimative Glück, die Lösung aller Probleme, der Wohlstand des Volkes schienen nahe. Nachts konnte Andrej wegen des Verkehrslärms nicht einschlafen, tagsüber konnte er kaum atmen. Auch die chinesische Küche ging ihm auf den Geist – morgens Chicken, abends Chicken… Beim Essen mit dem Dolmetscher äußerte Andrej sein Unbehagen. Das alte China sei für immer untergegangen, meinte er. Das stimme nicht ganz, konterte sein Dolmetscher und versprach, ihm ein Stück altes China zu zeigen.

Die Gelegenheit dazu ließ nicht lange auf sich warten. In einer ländlichen Provinz nicht weit von Peking litten die Menschen unter einer Dürre. Sie sahen ihre Ernte vernichtet und hatten aus Verzweiflung einen Regenmacher aus dem Süden bestellt. Der Regenmacher genoss großen Respekt, und er war teuer. Er nahm für seine Dienste so viel Geld, dass drei Dörfer einen Monat lang dafür sammeln mussten, wobei manche sogar ihr letztes Hemd verkauft hatten, um ihn bezahlen zu können. Allerdings würde er sein Geld erst nach getaner Arbeit in Empfang nehmen, so lautete das ungeschriebene Gesetz des Regenmachens, erklärte der Dolmetscher. Andrej wollte den Regenmacher unbedingt kennenlernen.

»Ich kann dich dorthin bringen, bloß häng bitte dieses Ereignis nicht an die große Glocke. Die kommunistische Partei Chinas hält die Arbeit eines Regenmachers für reaktionären Aberglauben aus der Vergangenheit, und die Dorfältesten könnten Probleme bekommen, wenn die Einladung des Regenmachers an die Öffentlichkeit gelangt. Das passiert hier alles mehr oder weniger privat.«

Andrej versprach, niemandem etwas davon zu erzählen, zumindest in China nicht.

Am nächsten Tag fuhren sie mit dem kleinen Bus des Dolmetschers los, und fast gleichzeitig mit ihnen kam auch der Regenmacher aus dem Süden angereist, ein kleiner alter Mann mit langem weißem Bart, der exotisch aussah und an die Schauspieler erinnerte, die in alten chinesischen Filmen die Kung-Fu-Lehrer spielten. Er lächelte die Fremden milde an, wollte aber nicht mit Andrej reden. Er müsse sich auf seine Arbeit konzentrieren, denn die Situation sei sehr schlecht, und die Dürre hielte schon zu lange an. Der Regenmacher forderte ein Häuschen am Rande des Dorfes und eine Tasse Reis am Tag. Vor allem durfte er nicht gestört werden.

Enttäuscht ging Andrej mit dem Dolmetscher in die Dorfkantine, um etwas zu trinken. Die Bewohner zeigten sich dem russischen Gast gegenüber freundlich, es war eine lustige Runde. Beinahe drei Dörfer saßen in der Kantine und warteten, bis der Regenmacher fertig wurde. Also beschloss Andrej, auch eine Weile zu bleiben. Der Dorfälteste organisierte ihm und dem Dolmetscher problemlos die Übernachtungen.

Zwei Tage lang ging der bestellte Zauberer nicht aus dem Häuschen. Andrej saß in der Kantine und schloss mit den chinesischen Bauern Wetten ab, dass aus dem Regen nichts werde. Am dritten Tag verlor er sein ganzes Dienstreisegeld an die Chinesen, denn es regnete in Strömen. Die Dorfbewohner gingen erleichtert nach Hause. Der Regenmacher kassierte sein Honorar und wollte ebenfalls so schnell wie möglich abreisen. Andrej stand frustriert auf dem Dorfplatz und sah dem Regenmacher aus der Ferne beim Geldzählen zu.

»Vielleicht hat er jetzt eine Minute Zeit, um mir eine Frage zu beantworten, nur eine einzige?«, fragte er seinen Dolmetscher.

Unerwartet willigte der Regenmacher ein.

»Wenn es nur eine Frage ist und ich sie beantworten kann«, lächelte er Andrej zu.

»Wie haben Sie den Regen gemacht?«, kam Andrej gleich zur Sache.

Der Regenmacher hörte dem Dolmetscher höflich zu, machte große Augen und lachte laut.

»Sie sind doch ein gebildeter Mann, wie können Sie an einen solchen Quatsch glauben, dass ein alter Rentner aus dem Süden im Himmel das Sagen hat? Glauben Sie mir, wir Menschen können das Wetter nicht lenken. Ob es regnet oder nicht, wird im Himmel entschieden, nicht auf Erden. Aber ich danke Ihnen trotzdem für dieses Kompliment«, sagte der alte Mann und lachte weiter.

Andrej fühlte sich nun von dem Alten noch mehr verarscht.

»Aber es regnet doch! Es tropft volle Pulle, während

vor Ihrer Anreise hier drei Monate lang kein einziger Tropfen vom Himmel gefallen war! Irgendetwas müssen Sie doch geändert haben!«, ließ Andrej nicht locker.

»Sie haben recht«, nickte der Regenmacher. »Sehen Sie, das Einzige, was wir Menschen überhaupt ändern können, das sind wir selbst. Und ich sage es Ihnen ohne falschen Stolz, ich kann das gut. Ich übe mich seit fast einem Jahrhundert darin«, erzählte der Regenmacher weiter. »Vor drei Tagen kam ich im Zustand großer Harmonie hierher und sah, dass hier so ziemlich alles falsch gelaufen war. Die Ordnung der Dinge war zerbrochen, die Felder trockneten aus, die Menschen verzweifelten. Ich konnte es nicht ändern. Das Einzige, was ich tun konnte, war, mich selbst dieser Unordnung anzupassen. Ich musste die Harmonie in mir brechen, ich musste falsch und schräg werden, um der hiesigen Lage zu entsprechen. Das habe ich getan.«

»Und?« Andrej verstand noch immer nicht. »Sie haben meine Frage nicht beantwortet. Warum hat es denn nun geregnet?«

»Nachdem ich diese Unordnung verinnerlicht hatte«, erzählte der Regenmacher weiter, »musste ich viel Kraft und Mühe aufwenden, um selbst wieder in den Zustand der ursprünglichen Ordnung zu gelangen. Weil ich aber schon ein Teil des hiesigen Unheils geworden war, hat auch die Landschaft mit mir zusammen den richtigen Weg aus ihrer Unordnung gefunden. Deswegen regnet es. Ich habe den Regen nicht gemacht. Niemand hat einen heißen Draht zum Himmel«, wiederholte der Regenmacher entschuldigend.

»Warum haben Sie dann aber so viel Geld von den Bauern genommen, wenn Sie gar keinen Regen gemacht haben?«, hakte Andrej nach.

»Das musste sein«, meinte der Alte. »Ich bin alt und schwach. Jedes Mal, wenn ich mich der Unordnung anpasse, schmerzt es mich in allen Knochen und hier in der Brust. Mir wird schlecht wie diesen Menschen um uns herum, wenn nicht vielleicht noch schlechter, weil ungewöhnlich. Sich freiwillig der Unordnung hinzugeben muss teures Geld kosten, denn nichts ist so teuer auf der Welt wie freiwilliges Leid«, beendete der Regenmacher seine Erzählung.

Andrej und sein Dolmetscher-Freund standen noch eine Weile im Regen, bis sich die kleine Person des Regenmachers im nassen Nebel am Horizont aufgelöst hatte, und überlegten, ob sie zurück in die Kantine gehen oder sich auch im Regenmachen versuchen sollten.

Die Spuren des Hasen im Schnee

»Wo sind diese Dinge?« Friedemann stand in der Mitte seines Zimmers und zitterte. Er fühlte sich beschämt, ausgepfiffen, nackt. Seine Frau schaute ihm hilflos zu. Sie konnte beim besten Willen nicht darauf kommen, welche Dinge der Professor meinte, und er konnte sich nicht mehr erinnern, wie diese »Dinge« früher geheißen hatten. Die Erinnerungsschwäche, die zuerst als milde Form des Alterns und des Zuvielwissens akzeptiert worden war, entwickelte sich beim Professor innerhalb eines Jahres zügig zu einem großen Problem.

Der fortschreitende Gedächtnisverlust machte aus einem begabten Künstler einen Invaliden. Friedemann erkannte zwar seine Frau und seine Bilder, doch viele Bekannte und Kollegen erkannte er nicht mehr. Selbst bei seinen besten Freunden war er sich nicht mehr sicher, wie sie hießen. Sein Kurzzeitgedächtnis funktionierte hervorragend, er wusste genau, was er in den letzten zwei Stunden gemacht hatte. Aber alles, was jenseits dieser zwei Stunden lag, verklebte sich eigenartig in seinem Kopf, es verschwand im grauen Nebel der Vergesslichkeit. Besonders die Namen der Dinge und Ortsbezeichnungen fehlten. Ein Glück überhaupt, dass er seinen eigenen Namen noch behalten hatte. Er wusste sehr wohl, dass er Friedemann hieß, aber er wusste nicht mehr, warum.

Lange Zeit wollte er diese Krankheit vor der Öffentlichkeit verstecken und versuchte, mit dem grauen Nebel im Kopf ein normales Leben zu führen. Jeden Tag kamen Menschen zu ihm, die er nicht kannte, er wurde dauernd etwas gefragt, wovon er keine Ahnung hatte, er wurde irgendwohin eingeladen, von irgendjemandem angerufen. Das war ehrlich gesagt auch früher nicht viel anders gewesen, als Friedemann noch gesund war und sich an alles erinnern konnte. Als bekannter Künstler, Zeichner und Maler, als Preisträger des Goldenen Pinsels, Professor der Kunstakademie, Teilnehmer an Hunderten von Ausstellungen auf der ganzen Welt hatte er Tausende Freunde und Verehrer, die alles über ihn wussten. Er selbst wusste von ihnen nichts.

Jetzt fragte er sich auch nicht mehr ständig, wer denn diese Menschen waren, die ihn anriefen, ansprachen, anschrieben. Der Professor hatte sich nie groß für das Leben anderer Leute interessiert. Das Einzige, was ihn bewegte, war die Kunst, seine eigene Kunst, die Malerei. Am liebsten malte er die Natur und konnte ein und dasselbe Bild mehrere Male hintereinander zeichnen, nur aus einer etwas anderen Perspektive, aus einer anderer Stimmung. Sofort änderten sich die Farben und das

Licht. Je nachdem, wie das Wetter gerade war, erschien jeder Busch und jedes Baumblatt dem Betrachter ein Mal als Freund und ein andermal als Feind. Der Professor begeisterte sich für die Vielfalt der Natur, was juckte ihn das menschliche Treiben?

Nicht umsonst sagt die Volksweisheit, wenn Gott jemanden bestrafen will, nimmt er ihm genau das, was er nie zu schätzen wusste. Der Gedächtnisverlust traf Friedemann ins Mark. Mit jeder Minute, mit jedem Augenblick verließen nun Menschen, Orte und Pflanzen seinen nicht mehr ganz dichten Kopf. Er sah sie nur noch als geistlose, farblose, namenlose Dinge, die irgendwo am Rande seines Bewusstseins zu einer grauen Nebelwolke wurden, die man nicht malen konnte. In seiner Verzweiflung wandte sich der Professor an die Ärzte. Sie aber logen, dies sei ein unumkehrbarer Prozess, es gäbe nichts auf der Welt, was dem Professor helfen könne. Sie verschrieben ihm Tabletten, die möglicherweise diesen Prozess verlangsamen würden, waren sich jedoch nicht sicher.

Auf die Ärzte war also kein Verlass. Friedemann musste selbst mit diesem Verlust fertigwerden. Ihm war klar, wenn er es schaffen würde, sich an sein eigenes Leben in allen Einzelheiten zu erinnern, würde sich ihm problemlos auch das Leben der anderen erschließen. Er konzentrierte sich auf seine Vergangenheit. Doch dieses Leben, seine Biografie, bestand bereits ebenfalls zum übergroßen Teil aus grauem Nebel. Nur die von ihm gemalten

Bilder, die in seiner Wohnung und seinem Atelier hingen, erinnerten ihn an Momente seines Schaffens. Überhaupt bemerkte Friedemann, er konnte sich sehr gut an alle Einzelheiten eines bestimmten Tages erinnern, wenn er vor einem Bild stand, das er an diesem Tag gemalt hatte. Seine Bilder waren möglicherweise die Rettung, eine Brücke zu seinem Gedächtnis, das sich in den grauen Wellen des Vergessens aufzulösen drohte. Die Lösung lag auf der Hand. Er musste keine Tabletten schlucken, er musste bloß all seine Bilder anschauen, um sich aus dem Nebel der Vergesslichkeit zu befreien. Er würde sich an die früheren Zeiten erinnern, immerhin hatte Friedemann wie ein Besessener fast an jedem Tag seines Lebens etwas gemalt.

Das Problem bestand einzig darin, alle seine Bilder wiederzufinden. Dreißig Jahre lang hatte er sie an fremde Menschen verkauft, an Museen verliehen, zu Ausstellungen geschickt, Freunden geschenkt. Es war davon auszugehen, dass seine Bilder an fremde Menschen weiterverkauft worden waren, die Museen sie an andere Museen verliehen, Freunde sie anderen Freunden geschenkt hatten. Sein Leben, zerstückelt in tausend Teile, hing irgendwo an unbekannten Wänden oder fing Staub in fremden Kellern. Friedemann verlor jedoch nicht die Hoffnung, er hakte wieder und wieder bei seiner Frau nach, er forderte und bettelte: Wo sind all diese Dinge? Dabei gestikulierte er heftig und zeigte ihr, was er mit »Dinge« meinte.

Friedemann hatte eine kluge Frau. Sie verstand schnell,

dass er nach seinen alten Werken suchte. Sie verstand auch, welche Hoffnungen er damit verband und dass das Wiederbeschaffen der Bilder für ihn eine Frage von Leben und Tod war. Allerdings war sie dann doch von der Schwierigkeit der Aufgabe überrascht, sie wusste nicht, wo sie anfangen sollte. Das Geld des Professors half ihr dabei. Es wurde ein Komitee gegründet, das sich ausdrücklich nur mit der Wiederbeschaffung der Bilder des Professors beschäftigte. Innerhalb eines Jahres gelang es dem Komitee, viele seiner Werke von Museen und Galerien zurückzubekommen. Zum Teil wurden die Bilder für viel Geld bei Kunstauktionen zurückerobert, zahlreiche Freundinnen und Freunde des Professors brachten ihm geschenkte Zeichnungen zurück, sogar die Witwe seines Lehrers fand im Archiv ihres verstorbenen Mannes ein Album mit den Übungen des Professors aus der Zeit, als er noch ein junger Student gewesen war.

Doch die Heilung ließ auf sich warten, die Erinnerungslücken schlossen sich nicht. Jedes Mal, wenn Friedemann auf ein frisch geliefertes Bild schaute, erinnerte er sich mit schmerzhafter Klarheit an den Tag und die Umstände, die diese konkrete Arbeit begleitet hatten, vergaß aber gleichzeitig andere Tage und andere Umstände, als wäre die Decke seines Verstandes zu niedrig geworden, um alles Erlebte, Gefühlte und Gedachte zu fassen. Alle seine Arbeiten wurden in einem Raum zusammengetragen, nach ihrem Entstehungsjahr geordnet und nebeneinander gehängt. Jeden Morgen ging der Professor fortan in diese Galerie, er verbrachte manchmal ganze Tage vor dem einen oder anderen Bild in der Hoffnung, etwas sehr Wichtiges, einen Schlüssel zu seinem durcheinandergeratenen Verstand darauf zu finden. Manchmal bat er, das eine oder andere Bild umzuhängen. Doch es half nichts, das zerschlagene Puzzle seines Lebens wollte sich nicht wieder zusammensetzen. Die Gedächtnislücken wurden sogar größer.

Manchmal schien dem Professor, es würde ein Bild, eine bestimmte Zeichnung fehlen, vielleicht eine kleine, im Vorübergehen gemalte, aber sehr wichtige Skizze, die diesen fehlenden Schlüssel zum Verständnis seines Lebens und seiner Arbeit liefern konnte. Wenn er diese eine Zeichnung noch hätte, dann würden sich die unterschiedlichsten Fragmente zusammenfügen, so hoffte der Professor. Er wusste sogar ungefähr, um was für eine Zeichnung es sich dabei handelte. Er erinnerte sich. Ein Winterwald mit viel Schnee und frischen Hasenspuren, die etwas schräg von links nach rechts, von einem alten Nussbaum in die Büsche führten. Der Hase war darauf nicht mehr zu sehen. Friedemann konnte sich aber nicht erinnern, wann er das Bild gemalt hatte und wem er es geschenkt beziehungsweise verkauft hatte. Auch seine Frau konnte ihm nicht helfen, obwohl er ihr das Bild mit der ganzen ihm noch zur Verfügung stehenden Beredsamkeit geschildert hatte. Sie erinnerte sich nicht an das Bild, an den Hasen aber schon. Tatsächlich waren sie einmal an einem sonnigen Wintertag in einem verschneiten

Wald spazieren gegangen, als ein aufgescheuchter Hase plötzlich direkt vor ihnen ins Gebüsch sprang. Er hinterließ tiefe dunkle Spuren in dem glänzenden Schnee.

»Schau«, hatte Friedemann damals gesagt, »schau, was für ein irres Lichtspiel. Das ergäbe eine tolle Zeichnung – die Spuren des Hasen im Schnee. Das möchte ich unbedingt machen. Liebling, erinnere mich bitte daran.«

Der Goldgräber Suschin und die Kulturwissenschaftler

Es war kurz nach Mitternacht, im Fernsehen feierte Bob Dylan seinen Geburtstag. Die Feier zog sich in die Länge, Bob Dylan verhaspelte sich, stand kaum noch auf den Beinen, und sang die alten Lieder mit so ungewöhnlich hoher Stimme, als wäre er Dieter Bohlen. Wir waren auch müde und kurz davor, ins Bett zu gehen, da klingelte es plötzlich. Es war Georgij. Er war sehr aufgeregt. Es ginge um Leben und Tod, ein Mann sei in großer Not. Ich schlug ihm vor, die Lösung der menschlichen Tragödie auf morgen zu verschieben, doch das ging angeblich nicht. Georgij kam herein – zusammen mit einem Unbekannten, den er uns als seinen besten Freund Suschin vorstellte. Wir setzten uns in die Küche. Suschin war mit Georgij in Leningrad zur Schule gegangen, auch bei der Armee waren beide zusammen gewesen. Danach hatten sie sich aus den Augen verloren: Suschin war zu den Goldminen nach Sibirien gefahren, wo man schnell reich werden konnte. Georgij hatte sich in die entgegengesetzte

Richtung aufgemacht – nach Berlin, wo er wahrscheinlich nie reich werden würde, dafür aber ein großes Freizeitangebot hatte. Nun, nach zehn Jahren, stand Suschin auf einmal vor seiner Tür und brauchte Hilfe.

Nichts an dem Mann ließ an eine menschliche Tragödie denken. Er trug einen guten Anzug und strahlte Ernsthaftigkeit aus, in der Hand hatte er eine schwarze Aktentasche. Suschin war Künstler geworden, Kunstfotograf. In St. Petersburg hatte er lange Zeit sehr erfolgreich seine Bilder verkauft, nur in der letzten Zeit hatte ihm die Konkurrenz zugesetzt. Freunde hatten ihm daraufhin geraten, sein Glück in Deutschland zu versuchen, ihrer Meinung nach würde sein Stil hier viele Anhänger finden. Er habe vierhundert Kunstfotos in seiner Aktentasche bei sich, wisse aber nicht wohin damit, erklärte uns Georgij schnell die Situation.

»Du bist Schriftsteller, du kennst dich doch in der Kunstszene gut aus«, meinte er. »Schau dir doch bitte seine Bilder an, und gib meinem Freund einen guten Rat.«

Suschin holte eine Packung Fotos aus der Tasche. Auf dem ersten Bild sah man einen Schwanz. Er lag auf einem Teller wie eine Wurst, mit einer Gurke und einem Stück Brot serviert.

»Aha!«, sagten meine Frau und ich gleichzeitig.

Auf dem zweiten Bild war derselbe Schwanz abgebildet, diesmal steckte er im Loch einer Schallplatte. Suschin kuckte uns erwartungsvoll an.

»Oh!«, sagten wir.

Auch auf dem dritten und dem vierten Foto war ein Schwanz.

»Wem gehört eigentlich das gute Stück?«, fragte ich Suschin ein bisschen verklemmt.

»Das ist meiner«, antwortete er bescheiden.

Mit der Präzision eines Zauberers, der ein Kaninchen nach dem anderen aus seinem Hut zieht, holte Suschin einen Schwanz nach dem anderen aus seiner Aktentasche. Wir wollten nicht unhöflich erscheinen und schauten uns die Bilder brav weiter an. Manchmal stieß einer von uns eine enthusiasmierte Bemerkung aus. Nach dem fünfzigsten Schwanz wurde es uns aber zu viel.

»So, das war's«, sagte Suschin endlich.

Wir atmeten auf.

»Diese Serie habe ich vor zwei Jahren gemacht. Und diese hier...«, Suschin holte eine weitere dicke Packung aus seiner Tasche, »... ist relativ neu.«

Die Schwanzschau ging weiter.

»Zu Hause in Leningrad habe ich über viertausend Fotos«, verkündete er mit stillem Stolz. »Davon habe ich leider nur vierhundert nach Europa mitgebracht.«

Meine Frau entschuldigte sich, sie habe Kopfschmerzen und müsse ins Bett. Ich kuckte mir Suschins Fotos weiter an und versuchte, mich in Gedanken abzulenken. Was kann einen anscheinend geistig gesunden Mann, der Frau und Kinder hat – Suschin war glücklich verheiratet, wie er behauptete –, dazu bringen, den eigenen Schwanz viertausend Mal zu knipsen?, fragte ich mich immer wieder. Und kam auf keine vernünftige Antwort. Andererseits konnte ich mir auch nicht erklären, was einen geistig gesunden Menschen wie mich dazu brachte, mir drei Stunden lang die Fotos von dem Schwanz eines Unbekannten anzukucken – und das mitten in der Nacht.

»Ich hatte in Moskau sehr viele Ausstellungen«, erklärte Suschin, »und immer nur gute Kritiken. Circa zwanzig Kilo gute Kritiken liegen bei mir in der Wohnung, aber nach Europa habe ich sie nicht mitgenommen, weil hier ja keine Sau Russisch lesen kann. Aber die Bilder sprechen sowieso für sich.«

Nachdem wir den zweiten Stapel durchhatten, unterhielten wir uns über moderne Kunst. Ich erzählte Suschin, wie schwer es sei, Fotografie als Kunst in Europa zu verkaufen, und meinte, ein Besuch bei den Zeitschriften »Männer aktuell«, »Adam« und »DU&ICH« würde sich bestimmt lohnen. Grundsätzlich empfahl ich ihm Holland: In Amsterdam würde er problemlos einige Dutzend seiner Bilder absetzen können. Ich fragte ihn vorsichtig, ob er schon mal versucht habe, auch etwas anderes zu fotografieren. Suschin verstand meine Frage nicht.

Es war schon hell draußen, als die Gäste wieder gingen. Ich träumte schlecht.

Am nächsten Tag ging Suschin zusammen mit Georgij zu den drei Schwulen-Zeitschriften. Georgij sollte übersetzen. Es gelang ihnen jedoch nicht, ein einziges Bild zu verkaufen. Jedes Mal hatte der zuständige Redakteur sie gefragt, von wem all die Schwänze seien, bevor er eine Absage erteilte. Suschin nahm diese kleine Niederlage mit Gelassenheit zur Kenntnis. Er war vom letztlichen Erfolg seiner Mission fest überzeugt. Nach zwei Tagen packte er seine Schwanz-Fotos zusammen und borgte sich bei Georgij 200 Euro für eine Fahrkarte nach Amsterdam.

»Ich darf keine Zeit verlieren«, sagte er zum Abschied.

Noch Wochen danach quälte mich die Frage, wie es dazu kommen konnte, dass aus einem Goldgräber ein derart moderner Künstler werden konnte.

Eines Tages saß ich wieder mit meinen russischen Nachbarn bei uns in der Küche, und Georgij erzählte mir ein paar Geschichten aus dem Leben seines Freundes. In Sibirien hatte Suschin zwei Jahre lang bei einer Goldgräberbrigade als eine Art lebender Leuchtturm gearbeitet. Im Sommer streifte die Brigade auf der Suche nach Gold durch die Taiga. Im Winter, der in Sibirien gute acht Monate dauert, zogen sie sich aus der Taiga zurück in eine Stadt. Doch einer musste dableiben und den Schnee wegschaufeln, damit die Goldgräber im nächsten Jahr ihre Gruben wiederfanden. Suschin überwinterte zwei Mal alleine in der Taiga und verwilderte völlig. Ihm wuchs ein langer Bart, er konnte den Menschen nicht mehr richtig in die Augen kucken und bekam ernsthafte Kommunikationsschwierigkeiten. Eine alte Goldgräberlegende besagt, dass man es nicht mehr als zwei Mal hintereinander wagen darf, allein in der Taiga zu überwintern. Suschin wurde von den Kollegen königlich entlohnt und dann entlassen.

Bald vermisste er aber die sibirische Einsamkeit. Er wollte auch weiter ein naturverbundenes Leben führen und ging an die Wolga, um dort in einem kleinen Dorf ein Haus zu kaufen. Direkt am Fluss waren die Häuser teuer. Er lief von einem Dorf zum anderen auf der Suche nach dem richtigen. Je weiter er in den Wald vordrang, umso preiswerter wurden die Häuser. Und so kam er eines Tages zu einem Dorf, in dem die Häuser gar nichts kosteten. Die Siedlung war vor Jahren verlassen worden. Dort schuf er sich in einem noch halbwegs intakten Haus mit einem sauberen Brunnen ein Heim. Der Wald versorgte Suschin mit Lebensmitteln, und im Keller des Hauses fand er alte Kleider, ein Radio und eine alte Schreibmaschine. Von der Landwirtschaft hielt Suschin nicht viel, er war kein richtiger Bauer, sondern ein ausgewilderter Proletarier. Die alte Schreibmaschine nahm er als Zeichen des Schicksals und fing an, darauf einen Roman zu schreiben.

Einmal im Monat ging er achtzehn Kilometer zu Fuß zum nächsten bewohnten Dorf, um dort eine Packung Elektrobatterien für sein Radio und Papier für die Schreibmaschine zu kaufen. Sein Bart reichte ihm inzwischen bis an die Knie. Er lief barfuß durch die Gegend und wurde von den Dorfbewohnern »Tolstoi« genannt. Die Bauern hielten ihn für verrückt. Suschin arbeitete sehr hart an seinem Roman. Er nahm sich vor, jeden Tag mindestens zwanzig Seiten vollzuschreiben. Daraus ergaben sich tausend Seiten in fünfzig Tagen. Nach einem halben Jahr hatte er über dreitausend Seiten geschafft. Aber so richtig glücklich war er damit nicht, irgendetwas fehlte ihm. Er wurde unruhig. Suschin brauchte Leser.

Die kamen auch bald. Die Geschichte von dem verrückten Waldschreiber hatte sich wolgaabwärts und -aufwärts verbreitet, und eines Tages tauchte ein Fernsehteam bei ihm auf. Es war nicht irgendein Fernsehteam, sondern es waren die Macher der berühmten Fernsehsendung »Kunst heute« – alles Kulturwissenschaftler, die Oberpriester der Postmoderne, die über die aktuellen Trends bestimmten. Suschin fühlte sich zuerst von dem Fernsehteam bedroht, er packte seinen Roman in einen großen Sack und flüchtete in den Wald. Die Kulturwissenschaftler bewiesen Geduld. Sie waren von der malerischen Landschaft fasziniert und bauten ihre Zelte in der Nähe von Suschins Haus auf. Am nächsten Tag kam der wilde Romancier aus dem Wald zurück und gab den Fernsehleuten sogar gnädig eine Leseprobe seines Werkes. Die waren davon überwältigt und nannten Suschin ein »Genie«. Beide Parteien kamen einander näher. Jeden Abend las Suschin nun ein Kapitel aus seinem Roman vor. Er genoss die Aufmerksamkeit und war glücklich.

Einmal, als er gerade auf der Suche nach Pilzen im Wald herumlief, hörte er plötzlich Stimmen. Die Kulturwissenschaftler redeten in seiner Abwesenheit über ihn. Sie zitierten aus seinem Roman und lachten sich schlapp über Suschin.

»Der Roman ist grottenschlecht und der Autor ein Vollidiot, ein verwilderter Analphabet«, sagte einer.

»Das wird die lustigste Sendung des Jahres«, prophezeite ein anderer.

In der Nacht zündete Suschin das Zelt der Kulturwissenschaftler an, verbrannte sein dreitausend Seiten dickes Werk und verschwand im Wald. Infolge des Brandes bekam die Fernsehkamera einen irreparablen Schaden. Den Fernsehleuten wurde klar, dass sie gerade einem jungen Mann seinen Traum zerstört hatten. Von Gewissensbissen geplagt suchten sie Suschin im Wald. Als sie ihn fanden, schlugen sie ihm einen Deal vor.

»Ein Schriftsteller wird aus Ihnen wahrscheinlich nicht, aber Sie könnten ein hervorragender Aktionskünstler werden«, sagte einer der Kulturwissenschaftler. »Wir werden Sie reich und berühmt machen, wenn Sie tun, was wir Ihnen sagen.«

Suschin willigte ein.

Sie nahmen ihn mit nach Moskau, wo man ihn als Erstes nackt in einem Museum an die Wand stellte. Sein Körper war das Kunstwerk. Die Fotos erschienen in allen Zeitungen, und das Fernsehen berichtete. Danach fing Suschin an, seinen Schwanz zu fotografieren, wobei er durch die multimediale Unterstützung sehr schnell sehr berühmt wurde. Er rasierte seinen Bart ab und nahm an zahlreichen Kunstmessen und Ausstellungen teil. In der Presse wurde er so oft gelobt, bis er eines Tages selber glaubte, dass seine Kunst toll sei und sie die breite Masse der Bevölkerung ansprach. Ungefähr zu diesem Zeitpunkt verloren jedoch seine Kunstfreunde langsam das Interesse an ihm. Schon bald interessierte sich niemand mehr für Suschins Schwänze. Da erinnerte er sich an seinen alten Kumpel Georgij in Berlin. In Holland verloren sich dann seine Spuren. Wahrscheinlich ist er immer noch mit den Schwänzen irgendwo in Westeuropa unterwegs.

Pariser Patience

Wir haben uns vorgenommen, die Schulferien der Kinder zu deren Aufklärung zu nutzen und ihnen die schönsten europäischen Städte zu zeigen. Zum Glück haben wir in jeder infrage kommenden Stadt Freunde und Bekannte, hauptsächlich Landsleute, weil kluge Russen ungern dort wohnen, wo sie geboren sind. Wir waren mit den Kindern schon in Lissabon, Nizza und Rom. Diesmal beschlossen wir, die französische Hauptstadt zu besuchen. Aber Paris nervte. Auf einem kleinen Stück Erde haben die Franzosen hier unzählige Palais, Chalets und Châteaus aufgebaut, Türme und Kirchen, Theater und Museen restauriert. Dann haben sie Horden von Touristen hineingepresst, um sie rücksichtslos auszunehmen. Sie verkaufen ihnen Kaffee, Tee, Crêpes und Käse zu schier unerschwinglichen Preisen. Sie verscherbeln ekelhaftes Zeug an sie, grausame Souvenirs wie Eiffelturmflaschen mit billigem Olivenöl, Mona-Lisa-Porträts mit angemaltem Schnurrbart und die Büsten von Adligen, die man abgemurkst hat, bevor das Volk die Republik ausrief.

Diese Büsten sowie die Ornamente in den Schlössern erinnerten mich an die alten abgenutzten Spielkarten, mit denen meine Großmutter Patience spielte. Ich sah diese Karten oft auf unserem Tisch liegen, Kreuz und Pik, die Könige, die Buben, die Damen und natürlich die Asse. Die uns bedienenden Garçons benahmen sich wie die letzten Asse, sie zeigten sich außerdem noch ziemlich ausländerfeindlich. Das erkannte man daran, dass sie betont keine Fremdsprache in den Mund nahmen und aus ihren Brasserien abwertend auf das Touristenvieh herabschauten. Dabei schienen die Ausländer diejenigen zu sein, die diese ganze Spielkartenstadt überhaupt zusammenhielten.

Ich habe in Paris eigentlich kaum Franzosen getroffen außer Garçons. Die Kassiererin im Supermarkt war eine Russin, die Servicekräfte im Hotel stammten überwiegend aus Polen, der Taxifahrer, der uns vom Flughafen in die Stadt gebracht hatte, kam aus Sri Lanka, und selbst die letzte Micky Maus in Disneyland stammte aus Algerien. Den Kindern hat außerdem das Essen in Paris nicht wirklich gut gefallen. Sie mögen Chickensandwich mit Toast, nicht mit Baguette. Dafür haben sie meinen Freund und dessen Familie kennengelernt.

Ich habe nämlich in Paris einen Freund aus alten Moskauer Tagen. Damals waren wir alle Hippies und hatten wie die Indianer in den alten Filmen alle Spitznamen. Nur wenige hatten sie von den anderen verliehen bekommen, die meisten hatten sich ihre Spitznamen selbst ausgedacht. Deswegen hatten die meisten einen edlen, gehobenen Klang. Außerdem haben sie oft den Lebensweg ihrer Träger beeinflusst. So zog der selbsternannte »Kaiser« nach Deutschland, der »Mozart« arbeitete lange Zeit als Architekt in Linz, ein anderer Freund, der sich »Flipper« nannte nach dem intelligenten Delphin aus der gleichnamigen US-Serie, hat sich nach San Francisco abgesetzt, und er wohnt dort nahe am Wasser. Ich weiß allerdings nicht, ob es dort noch andere intelligente Delphine gibt.

Mein Pariser Freund hatte sich als Spitznamen »Prinz« ausgedacht und ist Anfang der Neunzigerjahre nach Frankreich emigriert. In Montgeron, einem Vorort von Paris, bewohnt er ein hübsches ruinenähnliches Château. Prinz hat eine Frau und mittlerweile sechs Kinder, drei Jungs und drei Mädchen im Alter von zwei bis siebzehn Jahren. Obwohl die Familie so groß ist, bewohnen sie im Château nur den linken Ostflügel. In den anderen Flügeln wohnen die Nachbarn. Diese Château-Nachbarn kommen zum Teil aus Polen, außerdem gibt es eine Zigeunerfamilie und eine ebenfalls kinderreiche Familie aus Tschetschenien. Seinen Lebensunterhalt verdient mein Freund in Montmartre. Dort sitzt er auf einem kleinen Stühlchen und zeichnet Touristen. Diesen Arbeitsplatz hat er seit fünfzehn Jahren. Die letzten drei Monate vor unserem Besuch war er allerdings bei den Kindern zu Hause gesessen, weil seine Frau wegen Depressionen im Krankenhaus behandelt wurde. Seine Frau ist eine sehr zarte, sensible Natur. Sie bildet sich oft etwas ein, kann nicht einschlafen oder hat Angst aufzuwachen.

Prinz selbst ist genau das Gegenteil. Er hatte noch nie Depressionen, nur manchmal Aggressionen, wenn ihm zum Beispiel die Touristen in Montmartre zu blöd kamen. Jeder Künstler hat dort ein paar Musterporträts neben sich stehen, damit alle sehen können, wie gut er malen kann. Es sind in der Regel schöne Frauen auf diesen Porträts zu sehen, und jeder zweite Tourist, der vor so einem Bild stehen bleibt, fragt, ob er die Telefonnummer der Frau haben könne. Dabei lachen sie sich tot über ihren originellen Humor. Jeder zweite – und das seit fünfzehn Jahren. Trotzdem mag mein Freund seine Arbeit, den Hügel Montmartre und den Touristenrummel. Am liebsten mag er aber, mir unglaubwürdige Geschichten über seine beruflichen Erfolge zu erzählen: Märchen vom Montmartre. Ich bin sicher, es sind die gleichen Märchen, die Straßenmaler auf der ganzen Welt erzählen.

Einmal, so Prinz, kam eine Gruppe zu ihm, Menschen in schwarzen Anzügen. Sie betrachteten seine Arbeiten lange und sagten dann: »Kommen Sie mit!« Sie brachten ihn in ein nahe gelegenes Restaurant, damit er dort das Porträt ihres Bosses zeichnete, für viel Geld, versteht sich, und in Farbe.

»Es ist uns leider verboten, in Restaurants zu zeichnen«, erwiderte Prinz.

»Machen Sie sich darüber keine Sorgen«, sagten die Männer in den schwarzen Anzügen. »Es ist alles geregelt.«

Als Prinz das Restaurant betrat, sah er zwanzig weitere Künstler, die eingeladen worden waren, den Boss zu zeichnen. Es waren die besten Zeichner vom Montmartre. Der Boss, ein junger Mann in Jeans und leichtem weißem Hemd, saß in der Mitte an einem Tisch und schnitzte mit einem kleinen Messer an einem Stück Holz. Dabei schaute er die ganze Zeit zu Boden.

»Sehen Sie mir in die Augen, sonst kann ich Sie nicht malen«, sagte Prinz laut zu ihm.

Die Männer in den schwarzen Anzügen erschraken.

»Wissen Sie überhaupt, wen Sie vor sich haben?«, fragten sie ihn eindringlich. »Das hier ist der Prinz von Arabien! Wenn sein Vater und seine Brüder sterben, wird er der König von Arabien sein!«

»Es ist mir scheißegal«, erwiderte Prinz (also unser Prinz), »wer er ist, und wer er möglicherweise sein wird. Ich kann ihn nicht malen, wenn ich seine Augen nicht sehe. Das ist mein künstlerisches Prinzip!«

Die Männer in den schwarzen Anzügen waren verblüfft, sie wollten ihn schon aus dem Restaurant werfen, da hob plötzlich der Prinz (der von Arabien) den Kopf und schickte mit einer Handbewegung alle raus.

»Ich will«, so sagte der arabische Prinz, »nur von diesem einen Mann gemalt werden, denn er ist, so scheint es mir, eine ehrliche Haut.«

Es muss hier nicht extra erwähnt werden, dass sein Porträt ein wahres Kunstwerk wurde und der Prinz (der russische) daraufhin mit so vielen Geldscheinen beschenkt wurde, dass sie ihm gar nicht in die Taschen passten. Er hatte große Mühe, so viel Geld vom Montmartre nach Hause zu tragen. Anschließend kaufte er davon für das eine Kind ein Mobiltelefon, für das andere einen Computer, für das dritte eine Fußballausrüstung, ein Kleid für das vierte, eine Menge Spielzeug und Windeln für die Kleinen und einen schicken Mantel für seine Frau. Er konnte endlich seinen Minibus reparieren und zwei Kilos seiner Lieblingsweinbergschnecken im Supermarkt einkaufen. Plötzlich war das Geld alle.

Ein andermal musste er die Frau eines indischen Maharadschas zeichnen. Sie war nicht dessen richtige Frau, sondern die Geliebte, seine Herzdame sozusagen. Er durfte sie nicht offiziell heiraten und in seinen Harem aufnehmen wegen erheblicher Kastenunterschiede. Als der Maharadscha auf dem Montmartre die Zeichnungen von Prinz sah, wusste er sofort, dass nur dieser würdig war, das Profil seiner Herzdame zu verewigen. Als Allererstes erkundigte sich natürlich der Maharadscha, ob er die Telefonnummern der ausgestellten Frauen haben könne, denn in seinem Harem gäbe es noch viele freie Plätze. Der Prinz lächelte nur müde über den blöden Witz. Dann gab der Maharadscha seine Bestellung ab. Es war eine sehr komplizierte Arbeit, der Maharadscha besaß nämlich nur ein einziges Foto seiner Geliebten, und selbst dieses Foto, ein ziemlich unscharfes, war bloß in seinem Mobiltelefon gespeichert. Prinz machte jedoch das Unmögliche möglich, er zeichnete die Freundin des Maharadschas vom Mobiltelefon des Maharadschas perfekt ab. Er zeichnete und zeichnete, bis die Akkus des Telefons leer waren.

Der Maharadscha war über alle Maßen begeistert. Er lud den Prinzen auf der Stelle ein, zu ihm nach Indien zu kommen, und bot ihm eine Festanstellung an – als sein persönlicher Haremsmaler. Eine solche Anstellung hätte bis zum letzten Atemzug ein Leben in Saus und Braus bedeutet. Man musste sich allerdings als Haremsmaler zuvor einer kleinen chirurgischen Operation unterziehen, und darauf konnte und wollte Prinz sich nicht einlassen. Ein anderer Kollege, ein Pole, sprang für ihn ein. Er war mit dem Angebot des Maharadschas einverstanden. Mit den besten Empfehlungen von Prinz zeichnete der Pole ein Jahr lang den ganzen Harem querdurch. Danach wurde er reichlich entlohnt und entlassen. Der Pole kehrte nach Frankreich zurück, kaufte sich ein Château in Nizza, ein richtiges Château nur für sich allein, und einen BMW, allerdings einen gebrauchten. Prinz beneidete ihn nicht, denn infolge der kleinen chirurgischen Operation, der sich der Pole hatte unterziehen müssen, konnte er sich fortan nicht mehr fortpflanzen – das kam für Prinz einem Selbstmord gleich. Kinder sind der wahre Reichtum des Lebens, das wiederholte er oft.

Das Aussitzen in oder auf dem Montmartre gleicht ein bisschen dem Angeln, dem Warten auf ein Wunder, auf einen ganz großen Fisch. Im letzten Winter wurde Prinz auf dem Montmartre von einem russischen Oligarchen, einem Ölmagnaten, angesprochen. Dieser kam mit einer ganzen Karawane schwarzer Autos angefahren, sah sich die Musterporträts von Prinz an, fragte nach den Telefonnummern, lachte und sagte, jetzt wisse er, wo die wahre russische Malerei noch zu finden sei: hier in Paris, auf dem Hügel Montmartre. Der Oligarch wollte, dass Prinz ihn selbst, seine Frau, seine Mutter und seine Geliebte zeichnete, hatte jedoch keine Zeit zu posieren und hinterließ jede Menge Fotos samt einem saftigen Vorschuss. Prinz gab sich mit den Bildern große Mühe, doch niemand meldete sich, um sie abzuholen. Wahrscheinlich war der Oligarch in Sibirien erschossen worden oder im Knast gelandet oder hatte kein Geld mehr.

»Das Geschäftsleben in Russland ist sehr turbulent«, erklärte mir Prinz.

Die Porträts der Oligarchenfamilie schmücken nun sein Château. Seine Kinder haben dem Oligarchen und seiner Frau schwarze Fliegen ins Gesicht gemalt.

Die Porträts sind meiner Meinung nach nicht besonders gelungen. Aus meiner Sicht kann Prinz überhaupt keine Porträts malen, Landschaften und Stillleben gelingen ihm viel besser. Überhaupt kann auf dem Montmartre kein einziger der dort sitzenden Künstler richtig malen. Es gibt welche, die bekommen Hände gut hin, andere können Augen. Dritte zeichnen vielleicht sehr überzeugend ein Kinn. Aber es gibt keinen einzigen Künstler, der einen Menschen von Kopf bis Fuß vernünftig aufs Papier kriegt. Das ist wie gesagt meine private Meinung. Ich würde sie meinem Freund niemals sagen. Anstatt uns über Kunst zu streiten fuhren wir mit seinem alten Neunsitzer und all seinen Kindern ins Disneyland.

Unterwegs beschwerte sich Prinz weiter über den Verfall der künstlerischen Sitten auf dem Montmartre. Früher war jeder Maler dort eine Persönlichkeit mit einem eigenen deutlich ausgeprägten Stil, erzählte er. Man konnte sofort den Italiener vom Franzosen und den Russen vom Japaner unterscheiden anhand ihrer Arbeiten. Dabei konnte der Italiener in Wirklichkeit aus Bosnien sein und der Franzose ein Pole, das störte niemanden, darum ging es nicht. Heute sitzen nur noch Chinesen auf dem Hügel. Und es werden immer mehr. Sie sind ungeheuer fleißig, diszipliniert, überhaupt nicht kreativ, dafür aber kalligrafisch versiert, ähnlichkeitsfixiert und detailversessen. Sie malen zu Dumpingpreisen und schnell wie Roboter. Ihre Arbeiten haben überhaupt kein Gesicht, keine Eigenart. Aber den Leuten gefällt es anscheinend. Sie stehen bei den Chinesen Schlange, lassen sich von ihnen malen, meckern nie, kaufen und bezahlen und freuen sich. Die Chinesen werden dadurch immer reicher, sie schaufeln Millionen und bringen andere Chinesen mit an Bord, während die alten Meister auf dem Montmartre langsam verhungern.

»Wenn du das nächste Mal kommst, dann sitzen nur noch Chinesen auf Montmartre. Die Chinesen und ich«, fasste Prinz seine Gedanken zusammen, um sich sofort weiter über die Ausländerfeindlichkeit der Franzosen zu beschweren.

Zu blöd für Heiner Müller

Eine Theatergruppe wandte sich an mich mit der Frage, ob ich ihnen bei der Übersetzung eines deutschen Theaterstücks ins Russische helfen könne. Den Regisseur dieser Gruppe kannte ich von früher. Gleich nach der Wende hatte sein Theater in Berlin Schlagzeilen gemacht mit seinen typisch deutsch-avantgardistischen Aufführungen: laut, schmutzig, anspruchsvoll und brav, eine gut organisierte Anarchie, ein kalkulierter Ausbruch aus dem Alltag mit abschließender weicher Landung in der Kneipe um die Ecke. Ein gemütliches Revoltentheater. Als ich Schwierigkeiten hatte, einen Job in Berlin zu finden, hatte mir der Regisseur dort als Arbeitsbeschaffungsmaßnahme eine Dramaturgen-Anstellung besorgt.

Viel Zeit ist seitdem vergangen, aber das Theater und ich, wir haben überlebt. Nun meldete der Regisseur sich zurück mit einer Bitte. Sein kleines Theater war nach Omsk zum dortigen Theaterfestival »Die Lichter Sibiriens« eingeladen worden. Die Ölförderung in der Region boomte, und die Stadt hatte Geld für Kultur übrig. Es reichte zum Unterhalt von fünf Theaterhäusern und einem groß angelegten Theaterfestival. Der Direktor des Festivals, ein extra aus Moskau bestellter Starregisseur, umgab sich gerne mit Gästen aus dem westeuropäischen Ausland. Besonders Deutschland mochte er gerne, er hatte dort schon einmal Dostojewskis »Schuld und Sühne« inszeniert. Und so wurde Deutschland zum Schwerpunkt seines Festivals.

Das Berliner Theater meines Bekannten wurde mit der »Hamletmaschine« nach Sibirien eingeladen. Das Stück von Heiner Müller war selbst für die Einheimischen moderne Kunst und auch für erprobte Theatergänger keine leichte Kost. Wie würden die Zuschauer in Sibirien diese Vorstellung aufnehmen, wenn sie nicht einmal den Text verstanden? überlegte sich der Regisseur und bat mich, eine Übersetzung anzufertigen. Vielleicht nicht alles Wort für Wort, sondern nur die wichtigsten Textstellen, die er angestrichen hatte. Der Regisseur wollte meine Übersetzung als Broschüre drucken lassen und sie im Publikum verteilen. Doch diese Idee haben wir schnell verworfen. Die Vorstellung würde in großer Dunkelheit verlaufen, mit nur minimalem Licht auf der Bühne und ganz ohne Licht im Saal. Man hätte zugleich mit der Broschüre Taschenlampen oder Feuerzeuge verteilen müssen. Zunächst überlegten wir uns, die Übersetzung mit einem Projektor auf eine große, über der Bühne aufgespannte Leinwand zu werfen. Dieser Vorschlag war aber leider mit dem Gewinn aus der derzeitigen Ölförderung noch nicht zu realisieren, gaben uns die russischen Kollegen zu verstehen, als wir sie per Fax nach der entsprechenden Technik fragten.

Fast schon verzweifelt bat mich der Regisseur, als Synchronübersetzer nach Sibirien mitzufahren. Ich hatte keine Lust, mich freiwillig nach Sibirien zu begeben, und machte Ausreden geltend wie »keine Zeit«, ich müsse »wichtige Termine in Deutschland wahrnehmen«. Eine Woche vor Abreise kam der Regisseur aber doch noch auf eine andere, geradezu brillante Idee, die alle Probleme der Übersetzung und des Verstehens auf einen Schlag lösen und das Schauspiel von Heiner Müller enorm aufwerten sollte. Wie alles Geniale war seine Idee schlicht und einfach: Ich sollte den russischen Text auf eine Audiokassette sprechen, möglichst deutlich, klar und mit der richtigen Intonation, sozusagen mit Herz. Die Schauspieler würden dann die russischen Passagen nach Gehör auswendig lernen, wie es die Tenöre in der Oper tun, die beinahe jeden Tag in einer anderen Fremdsprache singen müssen.

Anfangs war ich skeptisch, ob die Schauspieler es schaffen würden, in so kurzer Zeit so viel unverständliches Russisch zu lernen. Der Regisseur war jedoch von seiner Idee überzeugt.

»Das Lernen von unverständlichen Texten gehört zur Hauptaufgabe jedes Schauspielers. Das muss jeder können, der in diesem Beruf bestehen will«, behauptete er. »Und wer es in Berlin nicht schafft, wird während des Fluges weiterlernen.«

Die Kassette wurde digitalisiert, der russische Text in die MP3-Player der Schauspieler eingespeichert.

Drei Wochen später kamen die Theatermenschen wieder aus Sibirien zurück. Der Regisseur besuchte mich, um sich noch einmal zu bedanken. Das Stück war ein großer Erfolg gewesen, es waren mehr Leute als erwartet gekommen, und sie hatten statt der geplanten zwei sogar drei Vorstellungen geben müssen. Allerdings waren die Reaktionen des sibirischen Publikums ziemlich ungewöhnlich. Die Menschen lachten sich jedes Mal schlapp, wenn einer der Schauspieler zu reden begann. Anschließend schüttelten viele dem Regisseur die Hand und sagten, so etwas Lustiges wie die »Hamletmaschine« hätten sie noch nie in ihrem Leben gesehen.

Das kam meinem Bekannten nicht koscher vor. Alle Welt weiß, dass dieses Stück alles andere als lustig ist. Es ist ganz und gar unlustig. Deswegen beschlich den Regisseur die leise Vermutung, dass ich mir möglicherweise bei der Übersetzung des Textes Freiheiten erlaubt und irgendwelche blöden Witze in den todernsten Stoff geschrieben hätte.

»Wir können über alles offen reden«, sagte er. »Ich bin nicht sauer, ich will bloß wissen, was sich in Sibirien tatsächlich abgespielt hat. Warum die Leute gelacht haben. Hast du falsch übersetzt, oder sind die Russen für Heiner Müller zu blöd?«

Ich versicherte ihm, nichts, rein gar nichts in dem Stück geändert, höchstens vielleicht ein paar Sätze ausgelassen zu haben. Ich konnte mir diese Publikumsreaktion auch nicht erklären. Ich fand das Stück überhaupt nicht witzig. Der Regisseur verabschiedete sich und ließ mir eine Videoaufnahme von ihrem Auftritt in Omsk da zum Andenken an die gemeinsame Arbeit am Stück. Kaum war er weg, schob ich die Kassette in den Recorder. Seine Erzählung von der Omsker Aufführung hatte mich neugierig gemacht.

Typische Theaterbilder flimmerten in der Glotze auf, alles dunkel und düster, Dekorationen aus Metallschrott, irgendwelche Röhren, die aus Sand herausragten. Beim ersten ausgesprochenen Satz fiel ich vor Lachen beinahe vom Stuhl. Die wunderbaren Schauspieler hatten den russischen Text gut gelernt – zu gut! Sie hatten alle meine Sprachfehler übernommen. Niemand auf der Bühne konnte das harte L aussprechen. Sie sagten »Wodka« statt »Lodka« und »Wuna« statt »Luna«. So etwas Komisches hatte ich noch nie in meinem Leben erlebt. Ein bisschen schämte ich mich natürlich. Wie hatte ich es nur vergessen können? Mein einziger Sprachfehler, der mich als Kind so oft zum Objekt des Spottes und der Belustigung gemacht hatte. Kein Logopäde konnte mir helfen. In der deutschen Sprache gibt es zum Glück kein hartes L. Das L ist im Deutschen immer weich, gerade so weich, wie ich es auch im Russischen gerne hätte. Während der vielen Jahre in Deutschland hatte ich meinen russischen Sprachfehler quasi vergessen. Nun hatte er sich gerächt und am Ende der Welt im sibirischen Omsk ein ganzes

Schauspielerkollektiv bloßgestellt, die ganze intendierte Völkerverständigung versaut.

Natürlich habe ich dem Regisseur nichts davon erzählt. Ich teilte ihm stattdessen noch einmal mit, dass ich nicht verstehen könne, warum die Russen über dieses hervorragende ernste Stück wie verrückt lachten. Wahrscheinlich seien sie tatsächlich für Heiner Müller noch zu blöd.

Schriftsteller Calpirowski

Der Schriftsteller Calpirowski (den Namen habe ich geändert) hatte in der DDR als junger Mann acht Jahre hinter Gittern verbracht, eigentlich für nichts. Er war weder ein Feind des Regimes noch ein aktiver politischer Dissident gewesen, den es um jeden Preis zu eliminieren galt. Er war überhaupt kein Kämpfer, sondern ein sensibler junger Mann, ein stiller Geist, der zur falschen Zeit am falschen Ort mit den falschen Papieren in der Hand von den falschen Leuten kontrolliert wurde. Man könnte sagen, der Schriftsteller Calpirowski war zufällig im Knast gelandet. Sein Aufenthalt dort, die besten Jahre seines Lebens, die er in einer Zelle verbrachte, haben sein späteres langes Leben und sein schöpferisches Tun stark geprägt.

Nach seiner vorzeitigen Entlassung wegen guter Führung ging er in den Westen und fing dort an zu schreiben. Sein erster autobiografischer Roman »Im Knast« fand viele Leser. Die Leute lesen gerne die Leidensgeschichten anderer Leute. Es tut ihnen gut zu erfahren, dass es jemand anderem noch dreckiger geht als einem selbst. Calpirowski absolvierte auch sehr viele Lesungen. Er mochte die Lesereisen – ständig in Bewegung sein, nirgends länger als notwendig bleiben. Er hatte einen Agenten, Jürgen, der ihm die Einladungen aus Kulturhäusern, Bibliotheken und Buchhandlungen organisierte. Manchmal las er auch auf Einladung einer Menschenrechtsorganisation oder auf politischen Veranstaltungen für die eine oder andere Bürgerpartei.

Zusammen mit seinem Agenten Jürgen bereiste Calpirowski den Westen kreuz und quer, es gab kaum ein Loch, in dem er nicht schon einmal eine Lesung hatte. Als sich Ost- und Westdeutschland wiedervereinigten, entdeckte Calpirowski auch den Osten neu. Überall las er aus seinem Leben im Knast. Er hatte inzwischen auch etwas anderes geschrieben, eine rührende Liebesgeschichte, aber die Leute wollten sie nicht. Sie wollten nur etwas über den Knast hören. Das neue Buch floppte. Wenn er etwas über eine Liebesbeziehung zwischen einem Häftling und einer Aufseherin geschrieben hätte, wäre es bestimmt ein Erfolg geworden, bemerkte sein Verleger.

Calpirowski wurde daraufhin nervenkrank. Es war eine paradoxe Situation. Seine Knastzeit, die er am liebsten vergessen wollte, lag inzwischen Jahre zurück. Das bunte pralle Leben, das ihn von allen Seiten umzingelte, die schreienden Kinder, die Muttis, die jungen Kellnerinnen, ja vor allem diese Kellnerinnen, die ihn auf seinen Reisen immer wieder reizten, waren so nah, aber nicht greifbar.

Um in diesem Leben Fuß zu fassen, musste er wieder und wieder zu seinem vergangenen Knast zurückkehren und darüber schreiben. In seinen Werken durfte er nichts anderes als das Opfer sein, damit ihn seine Leser wiedererkennen konnten. Manchmal überlegte er, mit der Literatur aufzuhören, genau aus dem Grund, um sich vom Knast ein zweites Mal loszusagen. Es war beinahe grotesk, sich aus einem Knast zu befreien, um sofort in einer noch größeren Unfreiheit zu versinken.

In jeder zweiten Stadt überkamen Calpirowski tiefe Depressionen. Kaum im Hotel angekommen, klopfte er an die Tür seines Agenten, der für sich traditionell ein Zimmer neben dem Meister buchte.

»Jürgen«, rief er, »ich kann hier nicht bleiben. Dieses Haus ist schrecklich, das Personal unfreundlich. Das Hotelzimmer erinnert mich an meine Zelle im Knast. Die runden Ecken, das kleine Fenster, die Tür mit dem Spionloch. Pack die Sachen, wir reisen ab!«

Der Agent bekam Schweißausbrüche und Herzklopfen, wenn er das hörte. Er hatte alles eingefädelt, die Karten für die Abendvorstellung waren längst verkauft. Er bettelte und bat den Schriftsteller zu bleiben, aber das wirkte nicht immer. Bald erinnerte jedes zweite Hotelzimmer in Deutschland Calpirowski an seine Zelle im Knast. Und das Personal fand er manchmal noch unfreundlicher als damals, als er aus der Einzelhaft in die Gemeinschaftszelle verlegt wurde.

»Pack die Sachen, Jürgen«, klopfte er an die Tür.

Die Lesereisen wurden für den Agenten zu einem Horrortrip. Er suchte fieberhaft nach einer Lösung. Die Idee kam ihm – wie alles Geniale – im Schlaf. Sie waren gerade auf Sylt im teuersten Hotel der Insel untergebracht, doch es war Ende Oktober, der Himmel stark bewölkt, die Sonnenstrahlen kamen nur selten durch, und häufige Regenschauer wirkten zusätzlich verstörend auf die sensible Haut. Calpirowski meckerte von der ersten Sekunde an. Das Hotel fand er furchtbar, die Insel grauenhaft, die Menschen extrem unsympathisch. Ältere Damen zogen ihre kleinen Hündchen an der Leine über die Straße, Menschen in karierten Hemden gingen mit gesenkten Köpfen im Kreis spazieren, Hunde bellten jämmerlich, alles auf Sylt erinnerte ihn an den Knast. Mit größter Mühe gelang es Jürgen, ihn zu überreden, bis zum Mittagessen zu bleiben.

Im Restaurant ging der Agent zum Tresen, wählte die hübscheste Kellnerin mit langen schwarzen Haaren und steckte ihr einen Hunderter in die Hand.

»Können Sie mir einen Gefallen tun?«, fragte er sie.

»Kommt darauf an«, reagierte die junge Frau philosophisch.

»Es ist ein kleiner Gefallen«, beruhigte sie der Agent. »Sehen Sie dort an dem hinteren Tisch einen kleinen Mann mit Brille? Ich will, dass Sie zu ihm gehen und sagen: ›Herr Calpirowski, ich bin ein großer Fan von Ihren Büchern. Darf ich Sie um ein Autogramm bitten?‹ Das war's schon. Was meinen Sie, würden Sie das schaffen?«

»Ich glaube schon«, antwortete die Kellnerin. »Wie war der Name noch mal?«

Sie holte ihren Lippenstift aus der Tasche, frischte die Lippenkonturen auf, ging zu dem Tisch und rief sehr theatralisch:

»Herr Calpirinski, Sie hier? Das ist aber ein Ding! Ich traue meinen Augen nicht. Geben Sie mir ein Autogramm!«

Obwohl sie ziemlich unglaubwürdig klang und seinen Namen falsch ausgesprochen hatte, war Calpirowski sehr angetan. Von einer Abreise war keine Rede mehr.

»Dadurch zeichnet sich wahre Literatur aus, dass auch junge Menschen sie kennen«, sinnierte er aufgeregt am Tisch und bat seinen Agenten, das Mädchen unbedingt zur Lesung einzuladen. »Und danach gehen wir zusammen essen!«, träumte er.

Abends lieferte Calpirowski eine hervorragende Lesung, nur das Mädchen kam nicht, und Calpirowski musste wie immer in der Gesellschaft seines Agenten, der Leiterin des Kulturhauses und zwei Flaschen Rotwein zu Abend essen. Trotzdem genoss er seinen Aufenthalt auf der Insel ab sofort. Plötzlich schien die Sonne, und wenn sie manchmal von Regenwolken überschattet war, gab es immer einen schönen Regenbogen zum Ausgleich. Auch das Hotelzimmer wirkte luftig und groß.

Der Trick mit der Kellnerin funktionierte gut – mehr als zehn Mal in verschiedenen Städten. Nur eines war bedrückend: Die Mädchen erschienen nie zur Lesung.

Statt ihnen saßen immer die gleichen deutschen Bildungsschichten im Saal. Trotzdem gaben diese kurzen Begegnungen mit begeisterten Kellnerinnen Calpirowski die Kraft weiterzumachen. Und Jürgen gaben sie eine gewisse Sicherheit, dass die Veranstaltung später gut laufen würde.

Die beiden fuhren noch jahrelang weiter so durchs Land, zwei immer älter werdende Männer, die von immer jünger werdenden Kellnerinnen immer frecher angesprochen wurden:

»Herr Calponski, ich glaub's einfach nicht!«

Jeder Trick wird früher oder später gelüftet. Auch dieser war keine Ausnahme. Irgendwann kam der Schriftsteller dahinter, sagte aber nichts. Stattdessen schrieb er fleißig weiter an seiner Trilogie »Deutschland – mein Knast« und nahm alle Einladungen zu Lesungen an, die ihn erreichten, nur um nicht an einem Ort länger bleiben zu müssen als nötig. Sein Agent folgte ihm überallhin. Und jedes Mal, wenn der Schriftsteller meckerte, lief Jürgen ins Restaurant.

Beide wurden steinalt und starben am gleichen Tag in einem Mercure oder Dorint. Ihre richtigen Namen sind in jedem Hotelgästebuch Deutschlands zu finden.

Oboe und Fagott

»Sie kennen bestimmt diesen Ausschnitt aus ›Boris Godunow‹, im zweiten Akt, nach der berühmten Arie von Godunow, wenn er an sich verzweifelt. Dann kommen Oboe und Fagott – lallalalalala … la!«

Der Dirigent sang leise die Stelle vor und zeichnete mit den Fingern in der Luft den Verlauf der Melodie.

»Natürlich kenne ich diese Stelle, wer kennt sie nicht«, nickte ich leicht übertrieben und verschluckte mich an meinem Wein. Ich hatte in Wirklichkeit keine Ahnung, wusste nicht einmal, wie sich Oboe und Fagott voneinander unterscheiden. Als Kind wollte ich Rockstar werden, intelligente Songs über die Liebe und über Drogen zur Gitarre singen und ein wenig wie John Lennon aussehen, nur ohne diese dämliche Brille. Damals fiel es mir leicht, alles Mögliche zu lernen. Meine Nachbarin hatte ein Klavier, auf dem sie jahrelang das Klavierkonzert für zwei Zeigefinger »Das graue Kätzchen auf dem Fensterbrett« übte. Ich konnte es schon nach einer Stunde ganz ohne Noten, autodidaktisch. Vielleicht wäre ich der neue

Mozart geworden, doch mein Vater hatte nicht genug Geld für ein Klavier.

In der Schule war das Pflichtprogramm »Musikalische Erziehung« mehr als bescheiden. Dazu gehörten die sowjetische Hymne im Chor zu singen, Noten lesen und schreiben zu lernen sowie ein obligatorischer Besuch des Balletts »Schwanensee« – ein sozialistischer Ersatz für die »Zauberflöte« – in einer kinderfreundlich aufbereiteten Vorstellung. Ich bewunderte kleine zierliche Frauen in Weiß, die sich auf unnatürlich muskulösen Beinen drehten und sehr hoch springen konnten.

Nun habe ich auch noch zufällig einen Dirigenten kennengelernt. Ein Russe wie ich, hatte er bereits in den Achtzigerjahren die Sowjetunion verlassen, viel in der Welt herumdirigiert und war ein Weltstar geworden. Von Japan bis Amerika, überall war er zu Hause, aber ansässig in Spandau, Berlin. Kurz vor Weihnachten bekam ich eine Einladung der Deutschen Oper, das Neujahrskonzert ihres Hauses zu moderieren. Das Repertoire sollte ausschließlich aus russischen Opern bestehen. Der Dirigent persönlich hatte das Programm aus verschiedenen Arien zusammengestellt und mich als Moderator gewünscht. Ich sagte aus sportlichem Interesse zu. In der Theatergarderobe bekam ich am Abend der Aufführung einen Frack, ein Spezialhemd mit angenähtem Brusthalter, Lackschuhe mit seidenen Socken, Hose, Unterhose, Fliege und zwei Ankleider als Aushilfe dazu. Zu dritt brauchten wir dann eine halbe Stunde, um die Sachen ordentlich an meinem Körper zu befestigen. Ich bewegte mich in diesem Anzug wie ein angeschossener Robocop, schwitzte wie Sau auf der großen Bühne, geblendet vom Licht und dem eigenen Ehrgeiz, mit dem weltberühmten Dirigenten im Rücken, mit dem Orchester der Deutschen Oper zu Berlin, mit mehreren weißrussischen Sopranos von atemberaubender Schönheit, mit keiner Ahnung von Oper – und bemühte mich, irgendetwas Witziges über die tragischen russischen Opern zu erzählen.

Meine Familie, das heißt Eltern, Tanten, Frau und Kinder, saßen alle in der fünften Reihe Parterre. Ich wusste das, obwohl ich sie nicht sehen konnte im dunklen Saal. Nur meinen Sohn Sebastian konnte ich gut von der Bühne aus sehen, weil er auch in der Oper seinen Gameboy Nintendo DS ausgeklappt hatte und die Turtles Ninja Mutanten ohne Ton weiterjagte. Das Display seines Spiels leuchtete in der Dunkelheit und warf einen silbernen Schatten auf sein Gesicht.

Mein Auftritt hat der Familie gefallen. Mein Vater meinte sogar, dieses Neujahrskonzert sei der Höhepunkt meiner Karriere als Mensch und Künstler gewesen, und er würde, wenn er an meiner Stelle wäre, keine Musik mehr für betrunkene Teenager auflegen und keine Geschichtchen mehr schreiben, sondern nur noch im Frack in der Oper …

Für mich war dieser Auftritt eine Herausforderung. Die russische Oper ist nämlich nicht lustig: Fürst Igor, Chowanschtschina, Boris Godunow – es geht immer um

Krieg, um Aufstand, Scheitern, Verrat und Machtverlust. Die Oper ist schwermütig, das Böse siegt regelmäßig über das Gute, die Liebenden finden nicht zusammen, die Helden sterben in der Regel schon im ersten Akt. Ich kannte eigentlich nur eine einzige lustige Geschichte über die Oper. Als Sergej Prokofjew »Die Liebe zu den drei Orangen« in Amerika aufführte, wurde er dort angeblich ständig von Orangenverkäufern verfolgt, die seine Oper als Werbung für ihre Produkte nutzen wollten. Sie boten dem Komponisten viel Geld dafür, dass er werbewirksam verriet, welche Sorte von Orangen ihn auf die glorreiche Idee gebracht hatte, dieses Werk zu schreiben. Der übertriebene Geschäftssinn veranlasste den Komponisten letztendlich, von Amerika nach Europa auszuwandern. Das fand ich lustig, aber Prokofjew stand nicht im Programm des Neujahrskonzerts.

Ich saß hinter den Kulissen und beobachtete nachdenklich zwei Harfenspielerinnen, ebenfalls Landsleute von mir – zumindest die eine, die während des Konzertes immer wieder in einer russischen Frauenzeitschrift blätterte. Mir fiel ein, dass ich eigentlich nie freiwillig, das heißt aus eigenem Interesse, in die Oper gegangen war. Ich wurde immer von einer Frau in die Oper geschleppt. Zuerst von meiner Mutter, die ein großer Fan des Bolschoi-Theaters war und vergeblich versuchte, mir ihre Begeisterung zu vermitteln. Später in der Pubertät ging ich mit einer Freundin in die Oper zum Küssen, so wie die anderen zum Knutschen ins Kino gingen.

Meine damalige Freundin Ludmila wohnte in einer Einzimmerwohnung zusammen mit ihren Eltern, ihrer frisch verheirateten Schwester und ihrem Mann, einem Opernsänger, einem Bariton, der zu Hause übte. Die Wohnung war eine Hölle, der Bariton ein Optimist. Die Eltern fuhren am Wochenende in den Garten. Uns besorgte der Bariton Freikarten für die Oper, damit er sich am Wochenende in Ruhe fortpflanzen konnte. Es waren fast immer die gleichen Plätze, ganz oben auf dem Balkon. Wie zwei Fruchtfliegen klebten Ludmila und ich an der Decke neben dem schicken Kronleuchter, und ganz weit unten hörte man Boris Godunow singen. Seine Stimme klang verzweifelt, ihm ging es die ganze Zeit nicht gut. Das von ihm ermordete Kind, der wahre Zar Russlands, erschien ihm regelmäßig im Traum und forderte Rechenschaft. Godunow litt unten auf der Bühne, wir knutschten im Obergeschoss. In der Pause lief ich als Erster zum Buffet. Sie hatten Delikatessen im Sortiment, zum Beispiel mit schwarzem Kaviar belegte Brote, Lachs, Kanapees mit Schinken sowie das Bier »Altes Moskau« in kleinen dunklen Flaschen mit langen engen Hälsen. Das alles war großartig. So etwas bleibt für immer hängen. Noch heute erinnere ich mich an diese Brote und dieses Bier. An Oboe und Fagott erinnere ich mich nicht.

Meine erste Oper in Berlin war ebenfalls »Boris Godunow« in einer modernen Inszenierung, die wir noch vor der Pause missvergnügt verließen. Die Idee zum Opernbesuch war von meiner Frau gekommen. Sie hatte ein schönes Abendkleid im Schrank hängen, unser Alltag gab jedoch kaum Anlass, dieses Kleid anzuziehen. Wir gingen selten aus und wenn, dann zu unseren eigenen Veranstaltungen: Punk-Konzerte und Russendisko. Um diese Tradition zu brechen und ihre Garderobe endlich der Öffentlichkeit zugänglich zu machen, kaufte meine Frau zwei Karten für »Boris Godunow«.

Wir kamen eine Minute zu spät. Auf der Bühne irrte schon eine kleine Volksmenge mit Porträts von Präsident Putin umher. Es war der Chor der Verwirrten, der die verarmte russische Bevölkerung der Gegenwart symbolisieren sollte. Dazu wurde der Chor immer wieder mit den Sprengsätzen tschetschenischer Terroristen verunsichert. Boris Godunow war irgendwie Putin, wenn ich die Idee der Regie richtig verstanden habe. Sein Widersacher, der falsche Dimitri wahrscheinlich, wurde von den Sicherheitskräften in Tarnanzügen bis zur litauischen Grenze verfolgt. Die Grenze markierte eine Wurstbude mit Plastiktischen. Der falsche Dimitri trank während seiner Arie Bier aus der Dose, fasste sich an die Eier, aß, stocherte in den Zähnen, rasierte sich, zog sich aus und wusch sich unter den Achseln. Wir schlossen beinahe eine Wette ab, wann der falsche Dimitri auch noch auf den Tisch kacken würde, da kam aber schon das nächste Bild. Der Mönch Pimen aus der ursprünglichen Fassung wurde hier zum General. Er war aber nur oben ein General, unten herum trug er bloß eine Unterhose. Die Zuschauer in den schicken Klamotten saßen stramm auf ihren Plätzen und fanden langsam Gefallen an der Show. Auf mich wirkte sie zu gewollt avantgardistisch, vor allem aber viel zu laut, wegen der Sprengsätze.

Das Neujahrskonzert nun war anders: klassisch, schön, souverän. Der einzige Sprengsatz an diesem Abend war ich selbst mit meiner unsicheren Moderation. Aber alles ging glatt. Nach dem Konzert gingen wir mit dem Dirigenten einen trinken.

»Sie kennen also diese Stelle im zweiten Akt?«, hakte er nach.

Ich nickte.

»An dieser Stelle bin ich 1996 einmal gestorben, ich war vier Minuten klinisch tot.«

Ich begriff erst nicht.

»Schon vor Beginn der Oper ging es mir nicht gut. Ich dachte an eine mögliche Fischvergiftung, wusste nicht, dass ich bereits mitten in einem Infarkt war. Ich dirigierte mehr schlecht als recht bis zur Pause. Im zweiten Akt, als Oboe und Fagott kommen sollten, kam plötzlich nichts. Ich schaute nach vorne und sah nur hellblau und weiß. Ein starkes Licht blendete mich, und eine unheimliche Stille breitete sich vor mir aus. Ich machte ein paar Schritte nach links und dann nach rechts. Es war alles in allem ein sehr angenehmes Gefühl, in dieser Landschaft spazieren zu gehen. Es war weder kalt noch warm, es wehte eine frische Brise. Ich machte mir nur ein wenig Sorgen um die Aufführung. Gleichzeitig spürte ich, dass mich jemand, eine starke Kraft, zurückzog. Volle vier Minuten befand ich mich in dieser Stille, herrlich, einfach herrlich. Dann aber riss mich eine ungeheure Kakophonie wie aus dem Schlaf, und das Erste, was ich hörte, waren Oboe und Fagott – beide bliesen daneben.«

Die ewigen Spinner

Mir hat das Geschichtenerzählen mehrmals das Leben gerettet. Im Kindergarten hatte ich Probleme mit der sozialistischen Ernährungspolitik. Ich konnte den Grießbrei nicht ausstehen, den wir fast jeden Tag zu Mittag bekamen. Ich bildete mir ein, ich würde von einem Löffel davon sofort ersticken. Doch den Brei einfach stehen lassen durfte ich nicht. In unserem Kindergarten wurde die »Gesellschaft der sauberen Teller« gegründet, und die Mitgliedschaft war Pflicht. Jeder, der unsaubere Teller hinterließ, musste sich gleich nach dem Essen von den Aktivisten der Gesellschaft im Waschraum foltern lassen. Deswegen habe ich meinen Brei an einige Kameraden weitergegeben, die ihn für mich aßen. Als Gegenleistung erzählte ich ihnen Actionfilme, die ich selbst nie gesehen hatte. Die meisten Filme waren als Serien konzipiert, ich konnte sie daher problemlos fortsetzen, wenn es wieder Grießbrei zu Mittag gab.

Zu diesen Grießbrei-Filmen hatte ich mir einen Onkel ausgedacht, der in einem für die Öffentlichkeit nicht zugänglichen Kino als Filmvorführer arbeitete und Filme fürs Politbüro auswählte. Dieser Onkel durfte keinem Fremden die Filme zeigen, nicht einmal anderen etwas über sie erzählen, bei mir machte er jedoch eine Ausnahme. Es war ein großes Glück für meine Kindergartengenossen, dass ich so ein gutes Gedächtnis hatte und ihnen die Geschichten meines Onkels weitererzählen konnte. Die meisten Filme kamen aus Hollywood. Es ging darin um den ewigen Kampf zwischen Cowboys und Indianern. Aus Frankreich kamen Liebesfilme, die schwer nachzuerzählen waren, weil in ihnen wenig passierte und die ganze Zeit nur geknutscht und geschrien wurde. Auf große Aufmerksamkeit stießen Tierfilme aus Australien: Abenteuerfilme über exotische Wesen, die es bei uns nicht gab, meterlange Schnecken mit Beinen und fliegende rote Frösche.

Man muss dazu erwähnen, dass ein Kinobesuch in meiner Kindheit ein äußerst rares Glück war. So blieben die nacherzählten Grießbreifilme für viele Mitmenschen die einzige Möglichkeit, sich ein Bild von der Welt auf der Leinwand zu machen. Später haben sich meine damaligen Spielkameraden als Erwachsene die richtigen Filme auf einer richtigen Leinwand angesehen. Sie waren durchweg enttäuscht. In einigen Filmen erkannten sie wundersamerweise meine Geschichten wieder. Aber die Grießbreifilme, darin waren sich alle einig, waren besser als die Originale gewesen. Auch wenn nicht alles, was ich erzählt hatte, mit dem Original übereinstimmte. Vieles auf der Leinwand war genauso passiert, einiges andere nicht.

Ich habe nach dem Kindergarten nicht mehr aufgehört zu erzählen. Aus der anfänglichen Spinnerei entwickelte sich eine Sucht. Wie Scheherezade aus »Tausendundeine Nacht« erzählte ich ebenfalls jeden Tag Geschichten. Aber anders als Scheherezade, die es nach langem Erzählen geschafft hat, zum Happy End zu kommen, indem sie ihrem Zuhörer drei Kinder gebar und ab da nichts mehr zu erzählen brauchte, konnte ich nicht aufhören. Ich lebte nur noch in meinen Geschichten. Meine Eltern wurden immer wieder von den Lehrern in die Schule bestellt und mussten sich anhören, ihr Sohn würde im Unterricht ständig die Lehrer belehren beziehungsweise unterbrechen. Dabei wollte ich den Unterricht nur ergänzen. In Geographie bekam ich einmal sogar Unterrichtsverbot, nachdem ich behauptet hatte, Eisbären und Pinguine hätten ursprünglich zusammen am Äquator gelebt, sich aber furchtbar zerstritten, woraufhin sie Auf-niemehr-Wiedersehen zu den entgegengesetzten Polen auswanderten. Der Sinn des damaligen Streits ist verloren gegangen, inzwischen weiß bereits niemand mehr, worum es ging. Doch wenn ein Eisbär einen Pinguin sieht, steht ihm sofort das Fell zu Berge.

In der Pubertät galt ich als großer Experte in Sachen Sex. Ich klärte meine Mitmenschen gerne darüber auf, wie das Zwischenmenschliche funktionierte. Dabei war ich ein Sex-Theoretiker ohne jegliche praktische Erfahrung. Später meinten mehrere, es hätte ihnen mehr Spaß gemacht, über Sex zu reden, als welchen zu haben. Der Schuldirektor war erleichtert, als ich von der Schule ging.

In der Armee überlebte ich nur, weil ich mich als Wahrsager behaupten und den Soldaten aus der Hand lesen konnte. Die meisten in unserer Einheit kamen vom Land, aus kleinen Ortschaften, die auf den Weltkarten nicht zu finden waren. Sie hatten so etwas wie ein kollektives Schicksal. Alle hatten einen See in der Nähe ihres Wohnortes, alle hatten, kurz bevor sie zur Armee gegangen waren, ihren Führerschein gemacht, ein Moped gekauft oder geklaut und ein Mädchen kennengelernt. Und das Wichtigste: Sie sind dann mit diesem Mädchen auf ihrem Moped nachts an den See gefahren, um einander ewige Liebe zu versprechen. Sie alle wollten von mir Antworten auf drei Fragen haben: Wenn sie wieder nach Hause kämen, ob dann der Fluss dort noch fließen, ob ihr Mädchen sie freudig erwarten und ob das Moped noch fahren würde.

Trotz der scheinbaren Leichtigkeit der Fragen war das Handlesen kein leichter Job. Man darf als Wahrsager niemandem das Gefühl geben, sein Leben würde sich nicht sonderlich von dem seines Nachbarn unterscheiden. Niemand freut sich über ein kollektives Schicksal, jeder will einzigartig und außergewöhnlich sein. Die Wahrsagerei ist eine sensible Angelegenheit. Wie lange werde ich leben, wie viele Freunde und Liebschaften, wie viel Glück werde ich haben? In den Handlinien versammelte ich wie ein Koch die richtigen Zutaten für ein gut gefülltes Leben. Es durfte nie zu wenig, aber auch nie zu viel werden. Ich gab mir Mühe, betrachtete die Linie des Herzens, die Linie des Sinns, die Linie des Schicksals, die Seite der Verwandten, die Zone der Überraschungen, was gewesen war und was kommen würde. Die meisten Hände waren schwer lesbar, ungewaschen, mit schmutzigen schwarzen Nägeln und Schwielen vom ständigen Schneeschaufeln auf dem Militärgelände.

Manchmal vergaß ich, was ich dem einen oder anderem erzählt hatte, und brachte die von mir angelegten Lebensläufe durcheinander. Doch meine Soldaten glaubten, was ich ihnen erzählte, ihr Fatalismus blieb ungebrochen. Die Vorstellung, dass man Herr seines eigenen Lebens sein und seine Zukunft nach eigenem Willen gestalten könne, schien ihnen fremd und unglaubwürdig. Vielmehr glaubten sie, ihre Zukunft fest eingraviert zwischen den Schwielen auf ihren Handflächen vor sich zu haben. Dort war sie von Übermächten ein für alle Mal festgelegt worden, man musste sie bloß zu lesen verstehen, um rechtzeitig auf das Kommende vorbereitet zu sein.

Die meisten Soldaten waren älter als ich, sie fuhren früher nach Hause, einige schickten mir dankbare Briefe: Ihre Braut hätte brav gewartet, und das Moped sei auch noch gefahren. Es sei alles genau so gewesen, wie ich es ihnen prophezeit hätte. Das war natürlich nicht bei allen der Fall.

Der Glaube meiner Landsleute ans Wahrsagen ist mit

den Jahren nicht geringer geworden. Auch heute glauben die meisten, nichts in ihrem eigenen Leben selbst bestimmen zu können. Wahrsager und Hellseher aller Art haben großen Zulauf. Auf einem Markt im Nordkaukasus sah ich eine Frau in einer Reihe zwischen Gurken und Tomaten, sie hatte ein Schild vor sich stehen mit der Aufschrift: »Lese Hand«. Eine Reihe hinter ihr stand auf dem Schild eines alten Mannes: »Heile«. Die begehrteste Sendung im russischen Fernsehen, die noch mehr Zuschauer anzieht als die alljährliche Ansprache des Präsidenten ans Volk, heißt »Nostradamus' Erben«, eine Wahrsagerei fürs ganze Volk. Die Hieromanten geben Auskunft über die Zukunft des Landes: Was die Sterne dazu sagen, die Horoskope, die Karten, die schmelzenden Kerzen, die Kaffeereste in der Tasse. Was die Menschen sich selbst dazu zu sagen haben, interessiert wenig.

Als ich aus der Armee entlassen wurde, siedelte ich nach Deutschland um, hörte mit dem Geschichtenerzählen jedoch nicht auf. Im Gegenteil, in Deutschland kam ich erst richtig in Fahrt. Meine Geschichten waren keine »Filme«, keine Ergänzungen zum Unterricht und keine Wahrsagerei mehr. Nun firmierten sie unter »Literatur«, »Roman« oder »Kurzprosa«. Inzwischen habe ich etliche andere Geschichtenerzähler kennengelernt, die unter dem gleichen Zwang stehen. Wie die Erzählerin aus »Tausendundeiner Nacht« dürfen wir nicht aufhören. Denn nur so lange wir erzählen, leben wir und umgekehrt: Solange wir leben, wird die Geschichte der Welt, unsere Geschichte, weitergesponnen. Diejenigen, die sich später mit unseren Geschichten befassen, werden feststellen, dass vieles genau so passiert ist, wie es da steht. Einiges andere dagegen nicht.

Gaddafis letzter Moskaubesuch

Muammar al-Gaddafi kam das letzte Mal im Jahr 2011 nach Moskau, davor hatte er Russland 22 Jahre lang nicht besucht. Er kannte dieses Land aus der Zeit, als es noch Sowjetunion hieß und seine Führer nicht vorhatten, vor dem Westen zu knien. Gaddafi mochte das sozialistische Russland, es hatte sein Buch übersetzt, obwohl es seine Ideen und seine Theorie von der gemeinsamen Sache nicht ganz teilte. Gaddafi war nämlich davon überzeugt, dass Menschen nur dann eine gerechte Weltordnung schaffen können, wenn sie alle zusammen an diese Sache herangehen. Jeder einzelne Mensch und jedes Land, das sich allein einer solchen Herausforderung stellt, ist zum Scheitern verurteilt. Früher oder später werden ihn die Würmer des Kapitalismus fressen.

Deswegen schlug er damals den Russen vor, sich seiner sozialistischen Dschamahirija anzuschließen, die Russen wollten aber nicht. Nun haben sie den Salat. Der Sozialismus kippte, und viele der dazugehörigen Länder gaben ihre Ideale nach und nach auf. Gaddafi stand wieder allein auf dem Kampffeld, die sozialistische Welt war beinahe auf die Größe seines Zeltes geschrumpft. Das machte Gaddafi nicht traurig, er betrachtete sein Leben als Kampf. Stress gibt Farbe. Sein Feind war mächtig, klug, unsichtbar. Er war überall und nirgends. Er konnte jeder Zeit aus jeder Ecke kommen und zuschlagen, aber Gaddafi war bereit.

In das neue postsozialistische Russland war er nun gekommen, um Gespräche über »wirtschaftliche Kooperationen« zu führen. Dazu durfte er sein Beduinenzelt in einem Park nahe des Kreml aufschlagen. Es war November, draußen hatte es minus zehn Grad, aber die vorausschauenden Libyer hatten gewusst, wo sie hinfuhren, und vier große Elektroradiatoren mitgenommen, um die Luft im Zelt von allen Seiten zu erwärmen. Man musste sogar die Vorhänge des Zeltes ab und zu hochnehmen, damit wieder ein wenig kalte Luft hereinfließen konnte, so gut heizten die Radiatoren. Gaddafi schaute durch die geöffneten Vorhänge und sah eine Menge Menschen, die am Zelt vorbeizogen. Zuerst war er verblüfft, er dachte, die Russen erinnerten sich an ihn und wollten ihn herzlich begrüßen. Doch die Russen interessierten sich wenig für sein Zelt. Sie gingen bloß daran vorbei zum Parteitagsschloss, einem großen Kulturhaus der russischen Hauptstadt. Genau genommen ist es ein Konzertsaal, in dem früher die Fünfjahrespläne abgesegnet worden waren. Es ist nicht der größte Konzertsaal des Landes, sicher sind die Stadien größer, dafür ist aber das Parteitagsschloss das repräsentativste. Dort dürfen nur besonders berühmte Musiker aus dem Westen spielen. In der Regel sind diese illustren Gäste in ihrer Heimat seit dreißig Jahren aus der Mode. Die Russen mögen sie dennoch.

Wenn man sich die Liste der Musikbands anschaut, die in Russland in den letzten Jahren gastierten, hat man das Gefühl, in einer Zeitmaschine eine Reise in die Vergangenheit zu unternehmen: Regelmäßig kommen Toto Cutugno, die Scorpions und Boney M. Die Lieblingsband des Präsidenten Medwedew war Deep Purple, er hatte alle Platten von ihr. Sie kam deswegen gleich zwei Mal im Jahr nach Russland, und der Besuch eines Deep-Purple-Konzerts war für jeden Apparatschik Pflicht. Die Musiker der Neuzeit, die Eminems und Lady Gagas, lassen die Russen kalt. Davon haben sie selbst jede Menge. Sie wollen die Musik hören, die sie damals nicht hören durften, sie wollen die damals verbotenen Platten kaufen, die Musiker live sehen. Die Veteranen des westlichen Popgeschäfts sollen jetzt auf der großen Bühne des Parteitagsschlosses auftreten, damit sich die Russen fragen können, ob es sich gelohnt hat, diese Sänger gegen die Parteitage zu tauschen.

Die Menschen, die an Gaddafis Zelt vorbeizogen, gingen zu einem Konzert von Mireille Mathieu. Sie ist in Russland sehr berühmt und tourt beinahe jedes Jahr durch das Land. Die Sängerin hat sogar ein paar Lieder auf Russisch einstudiert. Das Publikum dreht durch, wenn sie mit ihrem erotischen französischen Akzent »Moskauer Abende« anstimmt:

Wenn Sie nur wüssten
wie schön
diese Abende siiind …

Während das große Publikum zu Mireille Mathieu ging, traf sich Putin – damals Premierminister – mit Gaddafi im Zelt, um mit ihm über wirtschaftliche Kooperationen zu reden. Am liebsten wäre Putin ebenfalls mit einem großen Blumenstrauß zu dem Konzert gegangen, um sich mit der Sängerin von den Journalisten fotografieren zu lassen. Das wäre auf jeden Fall eine wirksamere Angelegenheit in der Presse gewesen, als mit dem libyschen Oberst in dessen Zelt über »wirtschaftliche Kooperationen« zu reden, die schon längst geklärt waren. Das, was Gaddafi in Russland kaufte, hätte ihm kaum ein anderer auf der Welt verkaufen können, geschweige denn preiswerter anbieten. Doch in seiner neuen Rolle als Premierminister war Putin für das Gespräch im Zelt zuständig, er konnte es nicht auf seinen Freund, den Deep-Purple-Fan, schieben.

»How are you?«, fragte Putin den Oberst.

»Kak pojiwaete?«, konterte Gaddafi höflich.

Danach breitete sich Schweigen im Zelt aus.

»Heute spielt bei uns im Parteitagsschloss Mireille Mathieu«, führte Putin das Gespräch fort. »Eine französische Sängerin, you know?«

Der Oberst nickte. Als erfahrener Politiker wusste er nur zu gut, man durfte nie seine Unwissenheit zeigen, ganz egal, worum es ging.

»Natürlich«, sagte er. »Ja snaju Mireille Mathieu.«

»Dann fahren wir vielleicht zum Konzert?« Putin schaute auf die Uhr. »Wenn wir uns beeilen, kommen wir noch pünktlich zum zweiten Teil, in dem sie das schöne Lied über die Moskauer Abende singt. Kommen Sie, Oberst, lassen wir die wirtschaftlichen Fragen kurz beiseite und fahren mit meinem Wagen hin«, lächelte Putin.

»Hat Ihr Wagen ein Loch im Boden?«, fragte Gaddafi.

Seit dem Angriff der Amerikaner auf ihn 1986 stieg er in kein Auto mehr, das kein Loch im Boden hatte. Damals, als die Amerikaner sein Haus und sein Auto aus der Luft angegriffen hatten, konnte er sich nur durch dieses Loch seines Wagens retten, das sein Sicherheitsberater ihm vorsichtshalber eingebaut hatte.

»Jedes Auto sollte mindestens zwei Löcher haben«, sagte der kluge Berater, »eins oben und eins unten.« Er selbst kam dann bei dem Angriff der Amerikaner ums Leben.

»Nein«, sagte Putin, »mein Wagen hat keine Löcher, er ist aber doppelt gepanzert.«

»Dann können wir nicht mit Ihrem Wagen fahren«, sagte Gaddafi, »das ist zu gefährlich.«

»Es ist gar nicht gefährlich«, lächelte Putin, »es sind doch nur fünfhundert Meter vom Zelt bis zum Konzertsaal. Gehen wir zu Fuß, wenn es mit dem Auto nicht klappt …«

Putin war Feuer und Flamme, er wollte unbedingt ins Konzert. Sie gingen zu Fuß zum Parteitagsschlösschen, wo Mireille Mathieu volle Pulle das Publikum anheizte. In der Pause betraten sie das Gebäude und gingen gleich in die Garderobe, um die Sängerin persönlich zu begrüßen. Zwei Frauen standen im Raum: eine alte, stark geschminkte Brünette und eine junge, stark geschminkte Blondine. Die Brünette war Mireille Mathieu, sie ist wie meine Schwiegermutter Jahrgang 1946. Die junge Blondine war ihre Dolmetscherin.

»Darf ich vorstellen«, sagte Putin: »Oberst Muammar al-Gaddafi – Mireille Mathieu.«

Gaddafi hielt die Brünette wahrscheinlich für die Mutter von Mireille Mathieu. Er sprang sofort auf die Dolmetscherin zu, küsste ihr die Hand und erzählte, er sei ein großer Fan und Bewunderer ihrer Kunst. Die Dolmetscherin war sprachlos. Mireille Mathieu kannte Gaddafi anscheinend auch nicht, die Politiker Nordafrikas lagen außerhalb ihrer Interessen. Die Dolmetscherin kannte ihn jedoch. Putin klärte den Oberst darüber auf, wer wer war.

Den ganzen zweiten Teil des Konzertes saß Gaddafi in der ersten Reihe und hörte mit geschlossenen Augen, wie eine Menge Leute im Karaoke-Verfahren ein langes russisches Lied jodelten, während eine alte Dame auf der Bühne angestrengt lächelnd die Hände hin- und herschwenkte. Wahrscheinlich war dieses Konzert für Gaddafi eine Folter, er nahm sie aber auf sich. Er war schließlich ein Mann der Wüste und konnte viel aushalten. Anschließend lud er alle zu sich ins Zelt auf einen Tee ein.

Das Publikum applaudierte im Stehen allen dreien. Es hatte eigentlich Karten nur für Mireille Mathieu gekauft, bekam nun aber zusätzlich und ohne Mehrkosten noch den lebendigen Gaddafi und den ebenso lebendigen Putin dazu.

Später im Zelt fragte Mireille Mathieu, warum Gaddafi eigentlich Oberst war und kein General.

Weil es in seinem Land niemanden gäbe, der ihn zum General befördern könnte, witzelte Gaddafi.

Auf den Rang käme es nicht an, mischte sich Putin ein: »Ich bin zum Beispiel auch Oberst und strebe auch keine zusätzlichen Sterne an.«

»Oh! Dann sitze ich jetzt zwischen zwei Obersten und habe einen Wunsch frei«, freute sich Mireille Mathieu. »Bei uns in Frankreich gibt es nämlich den Aberglauben, wenn man zwischen zwei Obersten sitzt, hat man einen Wunsch frei.«

»Das gibt es bei uns in Russland auch«, bestätigte Putin.

»Ich darf aber den Wunsch niemandem verraten«, sagte Mireille Mathieu. »Sonst geht er nicht in Erfüllung.«

Es war eine kalte, leise, dunkle Nacht. Nur die elektrischen Radiatoren glühten im Zelt, und man konnte durch die halb geöffneten Vorhänge einige Sterne am Himmel sehen. Mireille Mathieu schaute zu den Sternen auf und überlegte sich einen Wunsch. Wahrscheinlich wünschte sie, die beiden Obersten sollten zum Teufel gehen. Aber sie verriet ihren Wunsch nicht.

Für Elise

Ein Stockwerk über uns vergeudet jemand seine Kindheit am Klavier. Durch die Decke sickert immer die gleiche bekannte Melodie: »Für Elise« von Ludwig van Beethoven. In der Regel beginnt das Konzert unter der Woche um 18.30, am Wochenende oft früher. Letzten Sonntag drang die Elise gar um 9.00 Uhr morgens zu uns durch. Im Traum zerre ich manchmal das Kind vom Klavier, manchmal aber auch Beethoven selbst und versuche, ihm die Elise auszureden. Er wehrt sich und schimpft mich unmusikalisch.

Das Kind am Klavier ist eigentlich längst kein Kind mehr, es ist ein Mädchen und geht in die achte Klasse, sieht aber fast volljährig aus und hat Schuhgröße 43. Ihre roten Gummistiefel lässt sie oft unten im Treppenhaus stehen. Sie wohnt mit ihrer Mutter zusammen, die ebenfalls zu jeder Jahreszeit in Gummistiefeln herumläuft. Überhaupt – eine seltsame Familie. Die Mutter kleidet sich so, als wäre sie im Zirkus als Clown angestellt und hätte nie Zeit, sich nach der Arbeit umzuziehen:

grüne Hosen, rote Schuhe, gelbes Hemd, blauer Schal. Wie ein wandelnder Regenbogen huscht sie die Treppen hoch und runter, immer übertrieben nett und fröhlich, als hätte sie ihre ganze Kindheit in einem Schwarz-Weiß-Film verbracht, aber wie durch ein Wunder ein kleines Loch im Film gefunden, durch das sie in die Farbenwelt fliehen konnte.

Mit den Jahren ist ihr Farbendurst nicht geringer geworden. Ich glaube, dass so etwas unauslöschlich ist. Die Mutter muss aber im Laufe des Lebens bestimmt bemerkt haben, wie wenig die Menschen in Berlin ihre Begeisterung für bunte Klamotten teilen. Die meisten machen es Wildtieren nach, sie wollen nicht auffallen und tarnen sich in den Farben der Umgebung. Ihre Lieblingsfarbe ist die von nassem Asphalt. Um nicht allein in den Kampf gegen die Farblosigkeit der Stadt zu ziehen, hat die Mutter vom oberen Stock sich eine Tochter gemacht, so meine Theorie. Sie haben inzwischen beide dieselbe Größe und können gemeinsam die Stadt mit der bunten Garderobe der Mutter verunsichern. Die Autos halten an, wenn die beiden Frauen in die Bäckerei gehen. Die Fahrer denken wahrscheinlich, der Kölner Karneval sei nach Berlin umgezogen.

Abends spielt die Tochter »Für Elise«, diese zweihundert Jahre alte Liebeserklärung von Beethoven, die er angeblich einer Frau gewidmet hatte, die ihn nicht liebte, außerdem sowieso bereits vergeben war. Beethoven gebe ich keine Schuld. Was sollte er tun? Die wahre Liebe ist blind, unvernünftig und unbegreiflich, sie hofft bis zuletzt, glaubt an alles, ihr Mitleid ist groß, ihre Großzügigkeit unendlich. Und trotzdem zerre ich im Schlaf Beethoven am Sonntag um 9 Uhr früh vom Klavier, anschließend gehen wir einen trinken – auf die Liebe.

In Wahrheit habe ich längst meinen Frieden mit Beethoven geschlossen. Ich glaube an das Schicksal, ich weiß, dass diese Musik, egal was ich tue, niemals aufhören wird, mich zu verfolgen. Sie war schon immer da. Bereits in Moskau hatte ich Nachbarn mit Klavier und Wände wie aus Pappe. Die Tochter des Nachbarn folterte das halbe Mietshaus mit demselben Werk. Zu allem Überdruss hieß sie auch noch Lisa. Ich hatte damals noch keine Gitarre, keinen Kassettenrecorder, nicht mal einen Plattenspieler. Ich konnte Lisas Musik mit nichts überbieten. Das sowjetische staatliche Fernsehen legte tagsüber eine Ruhepause ein, weil der Staat davon ausging, alle Bürger würden tagsüber sowieso nicht zu Hause vor der Glotze hängen, sondern den Kommunismus aufbauen oder in den Parkanlagen Bier trinken, ohne sich dabei vom Staat erwischen zu lassen. Die Kinder sollten ebenfalls tagsüber nicht fernsehen. Sie sollten etwas Solides fürs Leben lernen oder im Wäldchen hinter der Schule knutschen. Das taten auch die meisten. Nur die Nachbarstochter Lisa saß zu Hause und haute in die Tasten.

Eine Zeit lang waren mein Freund und Nachbar Oleg und ich sogar in diese Lisa verknallt. Sie war sehr hübsch – ein molliges Mädchen mit langem Zopf und etwas verträumtem Blick. Da wir nach der Schule den gleichen Weg nach Hause hatten, sind wir öfter bei ihr vorbeigegangen. Ihre Mutter bat uns zum Tee mit selbstgemachter Konfitüre. Dafür mussten wir Lisa noch einmal beim Klavierspielen zuhören. Wir taten aus Höflichkeit so, als wären wir große Fans ihres Klavierspiels. Außer Musikspielen las Lisa viel, zumindest lag immer ein aufgeschlagenes Buch in der Wohnung herum. Ich hielt sie deswegen lange Zeit für ein überaus intelligentes und gebildetes Mädchen, das im Prinzip schon alles wusste und bloß noch die letzten Antworten auf die letzten Fragen im Geschriebenen suchte.

Umso größer war meine Verwunderung, als ich eines Tages von Neugier getrieben Lisas Lektüre in die Hand nahm. Es war ein Krimi von Agatha Christie, »Das unvollendete Bildnis« oder so ähnlich. Ich hatte es in der Grundschule gelesen. Es ging darin um einen verheirateten Maler, der mit seiner Geliebten durchbrennen wollte. Deswegen dachten alle, er wäre von seiner Ehefrau aus Eifersucht ermordet worden. In Wirklichkeit war aber der Maler von seiner Geliebten erdrosselt worden, weil er sich im letzten Moment doch nicht ganz sicher gewesen war, ob er mit ihr durchbrennen oder bei seiner Ehefrau bleiben sollte. Ein Weichei also, um es knapp auszudrücken.

In regelmäßigen Zeitabständen prüfte ich, was Lisa gerade las. Es war immer das gleiche Buch, »Das unvollendete Bildnis«, eigentlich eine Lektüre für zwei Stunden.

Lisa blieb über Jahre in diesem Werk stecken, obwohl ich ihr zwei Mal andere Krimis aus der umfangreichen Bibliothek meiner Mutter brachte. Sie nahm die Bücher mit einem höflichen Lächeln, das ein freundliches Desinteresse ausdrückte. Lisa hatte an keinem anderen Buch Bedarf. Mich hat damals ihre Haltung ehrlich gesagt verwundert. Ich hielt das ewige Lesen des gleichen Krimis für einen Knall. Wenn ich heute zurückblicke, verstehe ich durchaus, dass dieses Buch für Lisa kein bloßer Krimi war. In ihren Augen glich »Das unvollendete Bildnis« einem Häuschen, in dem ihr gut bekannte Personen auf extra für sie festgelegten Seiten lebten, liebten und starben. Jeden Tag nach der Schule zog sich Lisa um, aß zu Mittag und schlug »Das unvollendete Bildnis« auf, um sich zu vergewissern, dass alle noch da waren – der Maler, die Geliebte, die Ehefrau. Lisa besuchte sie, wie man alte Freunde besucht, las ein paar Seiten, klappte das Buch zu und ging ans Klavier. Sie benahm sich auch sonst komisch. Zum Beispiel ging sie nie in unserer Anwesenheit aufs Klo, wenn wir bei ihr in der Küche Tee tranken. Einmal saßen wir sehr lange zusammen und nahmen viel Flüssigkeit zu uns. Oleg und ich waren bereits drei Mal auf die Toilette gegangen, Lisa blieb an ihrem Platz.

Nach diesem Abend entwickelte mein Freund Oleg eine Theorie: Lisa sei eine Außerirdische, die von ihren Eltern im Wald gefunden und adoptiert worden war. Ihre Eltern, besonders die Mutter, hielten ihre außerirdische

Tochter für eine unglaubliche Schönheit und dachten, alle Männer des Planeten würden Lisa hinterherrennen, sobald sie erwachsen genug sei. Um sie vor diesem Andrang zu schützen, kauften ihr die Eltern zu ihrem sechzehnten Geburtstag einen Pitbull. Mit diesem Pitbull hat Lisa, so glaube ich zumindest, ihre erste und auch ihre zweite Liebe erfolgreich abgeschreckt. Während sich die anderen Mädchen aus ihrer Klasse mit Jungs anfreundeten und mal ins Kino, mal in die Disko gingen, ging Lisa ihren Hund ausführen. Dafür konnte sie ohne Angst die dunkelsten Ecken unseres Bezirkes aufsuchen, den stinkenden vermüllten Wald hinter der Schule und den Hinterhof des Lebensmittelladens, wo sich die ganzen einheimischen Alkoholiker versammelten. Wenn sich jemand Lisa näherte, fing der Pitbull an zu lächeln. Es war ein schlimmes Lächeln. Wenn mir dieser Hund unter die Augen kam, fühlte ich mich, als wäre ich aus Kaugummi.

Jahre vergingen, die Schule ging zu Ende, ich musste zur Armee und kam zwei Jahre später zurück. Das Erste, was ich zu Hause hörte, war Lisas Klavier hinter der Wand. Sie spielte das gleiche Stück. Alles im Land ging drunter und drüber, alles veränderte sich, der Sozialismus verschwand, der Kapitalismus kam, Lisas Vater verließ Lisas Mutter, der Pitbull starb, Lisa blieb allein. Unser Haus leerte sich, meine Eltern und ich wanderten nach Deutschland aus.

Jedes Mal, wenn ich wieder nach Moskau kam, besuchte ich meine Exnachbarn. Die Zeit schien in dieser Wohnung stehen geblieben zu sein. Lisa las dasselbe Buch, und ihre Mutter war der Meinung, sie sollte dringend heiraten, am besten einen reichen gebildeten Ausländer aus einem fernen Land, denn russische Männer enttäuschten bereits von Weitem. Lisa war inzwischen 26, die Kinos und Diskotheken hatten die Jüngeren erobert. Sie studierte Belangloses am Pädagogischen Institut, aber auch dort waren keine Jungs in Sicht, von irgendwelchen reichen Ausländern ganz zu schweigen.

Beide Frauen, Mutter und Tochter, waren davon überzeugt, dass das Internet der einzige Ort war, wo man solche Ausländer kennenlernen konnte. Ich wollte sie nicht enttäuschen und sagte nichts dazu.

»Nur das Internet ermöglicht den Kontakt zu den weit entfernten Ländern«, sinnierte die Mutter, als ich auf eine Tasse Tee vorbeischaute. »Richtig anständige Kerle wären wohl nur Außerirdische gewesen«, fügte sie nach einer Pause hinzu, wodurch sie mich sofort an die alte These meines Freundes erinnerte, dass sie Lisa von Außerirdischen adoptiert hatten.

Lisa meldete sich derweil online bei einer Partneragentur an, die ausländische Partner für russische Frauen suchte, machte Tests auf Anpassungsfähigkeit, füllte seitenlange Fragebögen aus, schrieb unter Lebensinteressen/Hobbys »Literatur/Musik/Tiere« und bekam sehr schnell von der Agentur einen australischen Zahnarzt vermittelt. Ein Mann Mitte fünfzig, intelligent, wohlhabend, Glatze, ein großer Kenner von Musik und Literatur. Er würde auch Tiere mögen und ein großes Herz für Russland, besonders für russische Frauen, haben. Sein Leben lang war der Arzt auf der Suche nach seiner Traumfrau gewesen, war noch nie verheiratet gewesen, hatte keine Verpflichtungen und keine Kinder. Lisas Mutter zeigte mir ein Foto von ihm. Vor dem Hintergrund eines blauweißen Himmels lächelte mir ein etwas molliger Kerl entgegen in weißer kurzer Hose und weißem Hemd. Seine Augen hinter der Brille strahlten die Bereitschaft aus, jede Sekunde seinem Glück von Angesicht zu Angesicht zu begegnen. Lisa hatte ihn auf Englisch angeschrieben, er hatte auf Australisch in dem Sinne geantwortet, dass er die erste Maschine nehmen würde, um Lisa persönlich kennenzulernen. Sie bereitete sich auf diese Begegnung vor und machte aus sich bei einer Freundin im Friseursalon »einen neuen Menschen«, wie ihre Mutter es etwas blumig ausdrückte. Auf mich wirkte der Arzt etwas zu glatt und die ganze Geschichte sowieso höchst unglaubwürdig.

»Denken Sie doch selbst einmal nach, Irina Matweevna«, versuchte ich die Mutter zur Vernunft zu bringen (mit Lisa darüber zu sprechen traute ich mich nicht). »Wenn dieser australische Zahnarzt, kein junger Mann mehr, sein ganzes Leben lang nichts anderes getan hat, als die Frau seines Lebens zu suchen, warum ist er dann die ganze Zeit unverheiratet geblieben? Wie hat er es geschafft, keine einzige Traumfrau zu finden, in all den Jahren? Wie hat er es geschafft, sich kein einziges Mal zu verlieben, keine gescheiterte Beziehung, keine verbrannte Erde zu hinterlassen, keine Ehe zu brechen, keine Kinder gezeugt oder von Außerirdischen adoptiert zu haben? Ich glaube, dass dieser Arzt ein Schwindler ist«, schlussfolgerte ich.

»Nein, Wladimir, Sie sehen das falsch«, antwortete mir die Mutter. »Wissen Sie, Lisa und ich, wir sind nicht dumm. Natürlich haben wir uns darüber Gedanken gemacht und sind zu dem Schluss gekommen, dass er einfach nur nicht die Richtige getroffen hat – nicht so eine wie Lisa.«

Ich schaute der Mutter in die Augen und sagte nichts mehr. Ihre Vorstellung, dass der wohlhabende alleinstehende Zahnarzt mit dem großen Herz für Russland und den vielen Jahren, wenn nicht Jahrzehnten auf dem Buckel, die er bei der Online-Agentur für anpassungsfähige Partnerschaften als idealer Traumkandidat im Katalog verbracht hatte, bei den Tausenden, Millionen Mädchen, die ihm auf den Leim gegangen waren, keine Einzige getroffen haben könnte wie Lisa, diese Vorstellung fand ich naheliegend. Wer weiß, dachte ich, vielleicht haben die Frauen doch recht, und der Zahnarzt ist der Prinz oder wird zu einem Prinzen werden, wenn er Lisa kennenlernt.

Ich habe ihn zum Glück nicht gesehen. Ich bin zurück nach Deutschland gefahren, bevor der Arzt kam. So kann ich jedes Mal, wenn ich diese verfluchte »Für Elise« höre, manchmal gut vermischt mit dem Geräusch der Bohrmaschine des Nachbarn von nebenan, der am Wochenende gerne seine Vorhänge umhängt, an Australien denken, wo Lisa möglicherweise mit ihrem Zahnarzt glücklich und zufrieden in einem Häuschen am Strand lebt. Während er unten in seiner Praxis mit der Bohrmaschine in den Zähnen seiner Patienten herumstochert, spielt sie »Für Elise« auf dem Klavier. Und abends sitzen sie zusammen am Kamin und lesen einander »Das unvollendete Bildnis« von Agatha Christie vor.

Modern Talking

Die Beziehung zwischen dem Staat und der Zivilbevölkerung ist in Russland traditionell angespannt. Ob der Zar oder die Kommunisten, stets versuchte der russische Staat seine Bevölkerung zu organisieren, in Reih und Glied aufzustellen, zusammenzuzählen, namentlich zu erfassen und steuerlich auszubeuten – im Namen des Aufbaus einer besseren Zukunft. Die Bevölkerung wehrte sich nach Kräften, wollte für die bessere Zukunft nichts spenden, versuchte vor dem Staat abzuhauen, ihm den Rücken zuzukehren oder gar den Stinkefinger zu zeigen. Die Bürger dachten gar nicht über eine bessere Zukunft nach, sie waren mit dem Erreichen eines besseren Jetzt voll beschäftigt und schleppten alles nach Hause, was sie in die Hände kriegen konnten. Der Staat ärgerte sich darüber und terrorisierte die Bürger dafür. Mit einem Wort, es war keine Liebesbeziehung.

Russland glich einem Afghanistan im Schnee, wobei die Bevölkerung genau wie in Afghanistan jeder klaren Definition entkam. Tagsüber waren es treue Diener des

Staates, aber mit dem Ende des Arbeitstages verwandelte sich ein beträchtlicher Teil der Bevölkerung in Taliban. Nur anders als der afghanische war der russische Taliban für die westlichen Werte, und der Staat hielt dagegen – mit seinen hausgemachten sozialistischen Werten und Produkten, die planwirtschaftlich erzeugt wurden und jenseits des kapitalistischen geistlosen Ausbeutungssystems jeden Bedarf der Sowjetbürger decken mussten. Es gab eigentlich nichts zu meckern. Jeder hatte eine Hose zum Anziehen und Filzstiefel für den Winter. Mit der Produktion der Sommerstiefel gab es gelegentlich Probleme. Der Staat gab dafür den Bürgern die Schuld. Vor allem der Tatsache, dass alle Bürger unterschiedlich große Füße hatten, erschwerte die einwandfreie planwirtschaftliche Produktion von Sommerstiefeln enorm. Dafür gab es nie Probleme mit Hüten. Man bekam sie überall und in jeder erdenklichen Farbe von Schwarz bis Hellgrau. Am meisten Respekt und die besseren Stiefel bekamen Angehörige solcher Berufsgruppen, die nicht direkt mit der Produktion zu tun hatten. Unter anderem Kosmonauten und Eishockeyspieler.

Für die Unterhaltung der Bevölkerung war allein der Staat zuständig. Die planwirtschaftliche Unterhaltung bestand vor allem aus sportlichen Events. Musik, gar Popmusik, konnte der Staat eigentlich nicht leiden, es musste aber auch sie bei uns geben. Immerhin befanden wir uns im Krieg der Ideologien, und man gab sich Mühe, auf jeden Furz aus dem Westen eine nicht weniger duftige Antwort zu geben. Zwar hatte der Staat nie vorgehabt, seine Bevölkerung zu unterhalten, warum auch? Es war auch ohne Musik alles in Ordnung, alles lief nach Plan. Einmal im Jahr zu Silvester schmiss der Staat eine große Party im Fernsehen, Lametta flog über die Bildschirme, die glatt gekämmten Sänger gaben ihr Bestes, und nach Mitternacht zeigte man sogar die Sterne der ausländischen Kultur. Natürlich nur solche, die sich unserem Land gegenüber respektvoll verhielten.

Doch auf Dauer war auf diese kapitalistischen Stars kein Verlass. Sie waren eingebildet, zickig und änderten ihre politischen Überzeugungen jedes halbe Jahr. Gerade eben hatte uns Julio Iglesias besucht und sich mit den Kosmonauten in der Glotze umarmt, da plötzlich, zack, äußerte er sich schon auf irgendeiner westlichen Bühne abschätzig über den sozialistischen Weg. Die Kosmonauten wuschen sich nachträglich die Hände, und das russische Fernsehen tat so, als hätte es einen Julio Iglesias bei uns nie gegeben. Dasselbe Schicksal widerfuhr den meisten westlichen Musikern und Schauspielern, angefangen bei Yves Montand bis hin zu Eric Clapton. Sie alle fielen durch antisozialistische Aussagen in der westlichen Presse auf und landeten daraufhin bei uns auf einer schwarzen Liste. Nur wenige westliche Stars schafften es, Dauerfreunde der Sowjetunion zu sein. Es waren vor allem unpolitische Damen: Mireille Mathieu, Patrizia Kaas, Amanda Lear und das Duo Baccara. Aber auch Boney M..

Die Gruppe Boney M. kam und wurde königlich empfangen. Sie wurden im besten Hotel, dem Russia, in der Politbüro-Suite einquartiert und hatten KGB-Obersten als Butler. Sie verlangten dann aber unbedingt Orangen- statt Tomatensaft und kamen nicht wieder, obwohl ihre Betreuer eine Extradurchsuchung auf dem Moskauer Markt durchgeführt hatten, um aus den armen armenischen Marktverkäufern ein paar Gläser frischen O-Saft für die deutschen Schnösel zu pressen. Dabei hätten die Musiker bei uns viele einheimische Säfte probieren können, von denen sie in ihrer deutschen Heimat noch nie etwas gehört hatten: Birkensaft zum Beispiel oder Eiscremeschorle. Gut, zugegeben, die Sowjetunion war kein Saftland. Und keine Heimat der lustigen Popmusik.

Das sollte sich aber schlagartig ändern, als 1985 Michael Gorbatschow an die Macht kam. Das Jahr 1985 leitete eine Wende in der russischen Politik ein. Der Staat beschloss eine Abkehr von der Planwirtschaft und eine Annäherung an die westlichen kapitalistischen Länder. Gorbatschow kam vom Land in den Kreml und sprach einen starken Dialekt. Die Menschen in den beiden Hauptstädten hatten Schwierigkeiten, ihn überhaupt zu verstehen. Deswegen blieben zunächst viele Nuancen seines politischen Programms der Perestroika, zu Deutsch Umbau, unklar. Aber eins war klar, das Volk bekam damit neue Werte vermittelt. Sie hießen Trockenheit, Wahrheit und Freiheit. Die staatlichen Betriebe wurden privatisiert oder geschlossen und die Menschen entlassen. Ab sofort hatten wir per Beschluss eine bürgerliche Gesellschaft, in der jeder Bürger seine Würde gut sichtbar hoch zu tragen hatte. Allen, die es nicht gleich verstanden, wurden die Hörner lang gezogen, bis sie es dann doch begriffen.

Der erste Schritt war getan, der zweite bestand aus einer langsamen Annäherung an den Westen. Die Ausländer sollten zu uns kommen und in unsere Wirtschaft investieren. Allerdings hatte Gorbatschow Bedenken, ob die sowjetischen Bürger die Ausländer nicht abschrecken würden. Sie wirkten nach wie vor sehr angespannt und so unlocker wie Geiseln in den Händen von Terroristen. Das Volk durfte seinen Staat nicht auf internationalem Parkett blamieren. Auf einer internen Sitzung des Politbüros im März 1985 unter Leitung von Michail Gorbatschow wurde die Frage der westlichen Popmusik diskutiert. Im Programm der Sitzung hieß dieser Tagesordnungspunkt: »Bereicherung der sowjetischen Kultur durch Erneuerung des Repertoires«. Es wurde beschlossen, so viele westliche Popbands wie möglich nach Russland zu holen, um die Bevölkerung aufzulockern. Gleichzeitig bekam die einzige Plattenfirma des Landes, Melodia, den Auftrag, im Zuge der musikalischen Aufklärung der Bevölkerung eine Reihe von kommerziell erfolgreichen westlichen Schallplatten zu produzieren, am besten mit klaren Anweisungen, die dem sowjetischen Bürger zeigen sollten, was zu tun war. Diese Gorbi-Platten waren »Lass uns tanzen« von David Bowie, »Lass das Blut fließen« von den

Stones und »Lass uns über die Liebe reden« von Modern Talking.

Das deutsche Duo befand sich gerade auf dem Höhepunkt seines Erfolgs. 1985 hatten Dieter Bohlen und Thomas Anders gerade die Welt mit einer zweiten Platte beglückt. Ob sie ahnten, dass sie bald mit den Russen über die Liebe reden würden? Diese Platte war in der Sowjetunion wie keine andere eingeschlagen. Noch nie hatte jemand mit uns über die Liebe reden wollen, erst recht nicht jemand aus dem Westen. Aus mir unbekannten Gründen haben die Russen den gleichnamigen Hit auf dieser Platte nicht mit herausgegeben, stattdessen hatten sie ein paar andere Songs dazugepackt. »Cheri, cheri Lady« eroberte Russland quasi über Nacht. Der Text auf dem russischen Modern-Talking-Plattencover von 1985 verdient es, übersetzt zu werden. Dort heißt es: »Die lyrische Unwiderstehlichkeit der Melodien, der temperamentvolle Wechsel der Rhythmen verschmilzt mit tiefgreifenden Texten, die uns einen Einblick in die Seele des Künstlers gewähren. Die Texte sind klar und leicht nachzupfeifen. Es sind Wörter, die wir schon lange hören wollten: ›Du bist mein Herz, du bist meine Seele‹ und ›Du wirst Glück haben, wenn du es dir wünschst‹.«

Die russischen Sänger waren neidisch auf den Erfolg von Modern Talking. Die bekannteste russische Band, Mirage, gab eine Platte heraus mit dem Titel »Wir sind nicht schlechter als Modern Talking«. Eigentlich mussten viele Bands nach Russland kommen und live das Publikum überzeugen, um die Popcourage der Russen zu wecken. Die Botschafter des Perestroika-Landes fuhren in die westlichen Musikmetropolen, um mit den Sängern zu verhandeln. Doch alle sagten ab. Ob Rolling Stones oder David Bowie, ja sogar Modern Talking – sie alle ließen die Russen damals abblitzen. Entweder war das Honorar nicht üppig genug, oder sie hatten Angst vor den auf den Straßen herumlungernden und Wodka trinkenden Eisbären, die damals das Russenbild des westlichen Auslands bestimmten. Das Image Russlands ist im Übrigen noch heute ziemlich bärenlastig. Vor Kurzem warb eine Fluggesellschaft für Reisen nach St. Petersburg mit einem durchkreuzten Bär und dem Spruch: »No Bears, only Beauties«. Ich vermute, diese Bären haben Modern Talking damals abgeschreckt.

Dafür kam ein anderer: Adriano Celentano. Er gab ein Konzert vor 100 000 Menschen. Sein Lied »Susanna« dauerte fast eine halbe Stunde. Der russische Übersetzer, der es laut und mit Gefühl parallel zu Celentano ins Mikrophon übersetzte, wollte seine Landsleute zum Mitsingen bewegen.

»Hände hoch, alle zusammen!«, schrie er. »Runter! Hoch! Runter! Susanna! Susanna! Susanna! Hoch, runter!«

Es gibt auf Youtube ein Video von diesem Konzert, ursprünglich gefilmt für das sowjetische Fernsehen. Man sieht die schwitzenden Kosmonauten in der ersten Reihe, die »Susanna« rufen, und einen verlorenen Celentano, auf dessen Stirn drei Fragen überdeutlich zu entziffern sind: Wo bin ich? Was sind das für Menschen? Und: Wo ist mein Cognac?

Modern Talking blieben trotzdem neben Gorbatschow die Vorboten der neuen Zeit in Russland mit ihrem »Let's Talk About Love«. Insofern wundert es nicht, dass Thomas Anders durch Russland tourte, eine eigene Fernsehsendung im russischen Fernsehen bekam und sogar eine extra Platte auf Russisch herausbrachte, für die es angeblich eine viertel Million Vorbestellungen gab.

Das mag alles auch wahr sein. Die russischen Plattendealer haben leichte Popmusik selbst dann noch gut verkauft, als ihre westlichen Kollegen durch die Krise und das Internet längst zugrunde gegangen waren. Erst vor Kurzem verkaufte in Russland das neue Popflittchen Maxim eine Million Tonträger. Das Geheimnis des russischen Erfolges ist leicht zu durchschauen: Die Firmen verkaufen die CDs so billig, dass sich das Brennen nicht lohnt. Die Russen sind faul, niemand wird sich die Mühe machen, eine Platte raubzukopieren, wenn man sie für zwei, drei Dollar an jeder Tankstelle kaufen kann. Und weil Russen auf einfache Melodien und klare Texte stehen, hören sie Modern Talking. Diese Musik ist ihnen an das russische Herz beziehungsweise die russische Seele gewachsen. Lalala-lalala … Alle pfeifen sie nach, sogar die Eisbären.

Der traurige Clown Kowalew

Gute Witze haben oft etwas mit dem Tod zu tun. Je trauriger der Anlass, desto lauter wird gelacht. Die Kinder, die noch zu jung zum Mitleiden sind, machen nicht selten die besten Witze. Einmal erzählte mir mein Sohn einen super Grundschulwitz:

Eine Fliege fliegt durch das Netz einer Spinne. »Na warte«, ruft die Spinne ihr hinterher, »morgen kriege ich dich!« – »Haha! Ich bin eine Eintagsfliege!«, summt die Fliege höhnisch und verlässt mit lautem Lachen den Luftraum.

Schon morgen wird die Fliege weg sein, auch die Spinne wird nicht ewig in ihrem Netz hängen, der Witz bleibt aber, und beide Helden sind in ihrem Witz gefangen, solange er weitererzählt wird von Grundschule zu Grundschule mit immer neuen Einzelheiten, bis der Sinn des Witzes irgendwann ganz abhandengekommen ist und niemand mehr lacht. So stelle ich mir die göttliche Schöpfung vor. Sie war ursprünglich mal ein toller Witz gewesen, dessen Sinn dem Schöpfer im Laufe der

Zeit abhandengekommen ist. Und unsere ehrenamtliche Aufgabe ist es nun, den Sinn dieses Witzes zu verstehen. Denn wer sonst soll das machen, wenn nicht die Menschen. Wir sind doch eine Spezies mit Humor.

Ich jedenfalls trainierte mich schon als Student, Witze zu verstehen. Mitte der Achtzigerjahre geriet ich infolge einer selbst gewollten Fortbildung in ein Seminar der Moskauer Kunsthochschule: »Die Bedeutung der Satire und des Humors beim Aufbau der sozialistischen Gesellschaft«. Humor war damals bei uns ein hochpolitisches Thema, allein schon der Name des Kurses klang wie eine Provokation. Es gab wenig zu lachen beim Aufbau der sozialistischen Gesellschaft. Dementsprechend untergründig wurde unser Seminar organisiert. Eine öffentliche Präsentation der Arbeiten zum Thema Humor war nicht vorgesehen. Studenten, die sich für dieses abwegige Thema interessierten, konnten einander durch Austausch der Referate kennenlernen. Der Austausch geschah indirekt über eine zweite unsichtbare Hand. Man schrieb einen kurzen Aufsatz zu einem humoristischen Thema, für das man sich besonders interessierte, und schob das Referat in eine Holzkiste, die auf der vierten Etage der Kunstwissenschaften neben der Männertoilette stand. Auf die Kiste war ein Inder im Schneidersitz gemalt. Wenig später bekam man per Post die Kontaktdaten von zwei weiteren Personen, die sich dem gleichen oder einem ähnlichen Thema gewidmet hatten. Verbunden damit war die Anweisung, Kontakt mit diesen Personen aufzunehmen »zwecks gegenseitiger Bereicherung und Gedankenaustauschs«.

Mein Aufsatz hieß: »Die Selbsttötung als Mittel der satirischen Übertreibung am Beispiel des Theaterstücks von Nikolai Erdman, ›Der Selbstmörder‹«. Meine Gesprächspartner, die ich über die Inderkiste vermittelt bekam, waren keine Jünglinge und in Sachen Humor mehr als erfahren. Sie waren älter, klüger und gebildeter als ich. Es blieb mir ein Rätsel, warum sie überhaupt diese Fortbildung und mich als Gesprächspartner brauchten.

Der eine von ihnen, Kowalew, arbeitete als Clown in einem Wanderzirkus. Vier Monate im Jahr fuhr er mit einer Truppe versoffener Jongleure, unglücklicher Frauen und malader Tiere durch die russischen Städte und schenkte den dortigen Kindern Freude. Das wusste ich aus seinen Erzählungen. Immer wieder wenn wir uns trafen, erzählte Kowalew vom Zirkus. Mit eigenen Augen haben wir sein Programm nie gesehen. Er trat, glaube ich, in Moskau nicht auf, nur bei Gastspielen. Nach seinen Erzählungen zu urteilen bestand sein Programm aus sicheren Lachnummern, die alle darauf beruhten, dass der Clown Kowalew die anderen Artisten bei der Erfüllung ihrer Pflichten störte. Er schubste zum Beispiel den Jongleur, oder er riss ihm im Vorbeilaufen eine Fackel aus der Hand, versuchte sich dann mit der Fackel eine Zigarette anzuzünden und wurde daraufhin aus einem Schlauch mit Wasser begossen. Bei einem anderen Auftritt kitzelte der Clown Kowalew die Seiltänzerin, seine

Exfreundin übrigens, um sie zum Fallen zu bringen, fiel dabei jedoch selbst herunter. Auch versuchte er, einem alten Pferd einen Tritt in den Hintern zu verpassen, wobei ihm das Pferd geschickt aus dem Weg ging und der Clown immer wieder auf die Nase fiel. Das Publikum brüllte vor Lachen.

Ich muss sagen, der Clown Kowalew war mit Abstand der traurigste Mensch, den ich je kennengelernt habe. Nie sah ich ein Lächeln auf seinem Gesicht. Ihm ging es ähnlich wie vielen anderen Profis der Unterhaltungsbranche. Niemals würden sie auf die Idee kommen, auch privat lustig oder unterhaltsam zu sein, wo sie es doch aus beruflichen Gründen jeden Tag viele Stunden lang sein mussten. Der Clown Kowalew war keine Ausnahme. Auf seinem Gesicht hat sich ein immer gleicher Ausdruck festgefressen: eine Mischung aus höflichem Interesse und angeekelter Abneigung. Im Mai saß er in der Aufnahmekommission der Moskauer Zirkusschule. Er wurde als unabhängiger Experte berufen, um beim Vorsprechen der jungen Menschen mitzuentscheiden, ob sie das Zeug dazu hätten, ein sowjetischer Clown zu werden. Er lud mich und den Kollegen Gusman, den Dritten in unserer Runde, ein, an der Arbeit der Aufnahmekommission als stille Zeugen teilzunehmen.

Für mich wurde das zu einer unvergesslichen Erfahrung. Der Clown Kowalew saß wie eine Sphinx in den Prüfungen, obwohl manche Abiturienten sehr talentiert und gut drauf waren. Wenn die Vorsprechenden Langweiliges zeigten, schaute Kowalew angewidert zur Seite und sagte höflich: »Danke. Der Nächste bitte.« Wenn aber der Vorsprechende es schaffte, ein Feuerwerk von Witz und Freude zu entfalten, kaute Kowalew an der Unterlippe, machte ein kleines Kreuz auf dem Papierchen und sagte: »Lustig. Der Nächste bitte.« Er sagte aber dieses »lustig« mit der gleichen angewidert-traurigen Stimme, als hätte der talentierte Abiturient ihm gerade auf die Stiefel gekotzt.

Gusman und ich, wir lachten uns bei diesen Aufnahmeprüfungen schlapp. Gusman war eine Seele von Mensch. Von sich erzählte er, er sei freier Schriftsteller, genau genommen Übersetzer gewesen und beherrsche vier oder fünf Sprachen: Usbekisch, Kasachisch, Turkmenisch und Tadschikisch, fast alle Sprachen der zentralasiatischen Völker. Die Sowjetunion war nicht nur eine Diktatur des Proletariats, sondern auch ein internationales Bündnis der Völker, in dem keine Minderheit schlechter behandelt werden durfte als die andere. Jede Minderheit sollte ihre Dichter und Denker haben, ihre Klassiker, die den Alltag der einfachen Bauern, Viehzüchter, Imker, Baumwollernter und so weiter verewigten.

Die Werke der Klassiker der Volksminderheiten spielten eine wichtige ideologische Rolle, sie wurden jedes Jahr zügig übersetzt und in die Buchhandlungen des weiten Landes gebracht. Zusammen mit den Werken von Lenin, Marx und den dicken Bänden, die aus den Federn der politischen Führung stammten, bildeten die Klassiker der Minderheiten den Kanon der großen sozialistischen Literatur. Während die Politbücher trockene Namen hatten, trugen die Werke der Minderheiten romantische Titel wie »Das Herz der Wüste«, »Die Herrscher der Steppe« oder »Der weiße Vogel der Freiheit«. Diese Werke übersetzte Gusman mit großer Sachlichkeit und Mühe ins Russische. Er fuhr zu den jeweiligen Klassikern, um vor Ort die Natur zu studieren und seine Sprachkenntnisse zu verbessern. Oft kamen die Klassiker auch zu ihm nach Moskau. Sie brachten Cognac und Wein mit, manche in Flaschen und manche sogar in Kanistern, je nachdem, wie groß der Ruhm des jeweiligen Klassikers bereits war. Die Klassiker wohnten und kochten bei Gusman süße, fette, aber unglaublich schmackhafte Gerichte ihrer nationalen Küchen, sangen Volkslieder, erzählten Märchen und tauchten den ganzen Gusmanschen Haushalt in exotische Gerüche und Farben. Die Nachbarn riefen die Miliz, die Miliz wusste aber Bescheid und wurde überdies von Gusman geschmiert.

Nachdem wir uns kennengelernt hatten, lud er uns jedes Mal ein, wenn es wieder darum ging, mit den Klassikern zu feiern. Diese Orgien fanden immer auf Russisch statt, niemals habe ich gehört, dass Gusman sich mit seinen Mandanten in deren Sprache unterhielt. Ein Mädchen flüsterte mir einmal auf einer solchen Party zu, Gusman könne gar keine Fremdsprachen, er schriebe alle Bücher einfach selbst, nach Absprache mit dem jeweiligen Klassiker, der ihm kurz und knapp eine Idee, einen

Plot, eine Intrige aus der Wüste schildere. Den Rest mache Gusman – und das Geld werde dann gerecht geteilt. Ich habe tatsächlich nie ein Manuskript oder überhaupt irgendeinen Text in fremder Sprache auf seinem Schreibtisch gesehen. Ich glaube, Gusman war für die gesamte große sozialistische Literatur zuständig. Auch die Politschinken, all die Erinnerungsbücher von Parteibonzen, hat wahrscheinlich er geschrieben. Später in den Neunzigerjahren lieferte er Übersetzungen für die Serie »Junge englische Kriminalromane«. Es waren Bücher von sehr jungen englischen Autoren, deren Namen selbst in England keiner kannte.

Unser aktiver Gedankenaustausch in den Achtzigerjahren bestand jedoch hauptsächlich darin, dass wir uns fast ein Jahr lang an jedem Wochenende zusammensetzten, Alkohol tranken und Karten spielten. Dabei rauchten wir wie die Schlote und erzählten uns blöde Witze mit politischem Hintergrund. Gleichzeitig dachten wir über den Witz nach, in dem wir alle steckten, das ganze Land, die Welt, das Sonnensystem. Der Sinn des Witzes sei eigentlich klar, aber schwer zu beschreiben, philosophierte der Clown Kowalew:

»Das ist wie beim Pferdetreten«, meinte er. »Man lacht wie blöd, kann aber im Nachhinein nicht erklären, was daran so komisch war.«

Udo

Seit der Vertreibung aus dem Paradies neigt der Mensch zur Selbstreflexion. Bin ich gut, mache ich alles richtig?, denkt er und bläst sich unmerklich mit Wichtigkeit auf. Doch je größer man in den eigenen Augen wird, desto blinder wird man der Welt gegenüber. Dem Drang nach Selbsterkenntnis folgend begibt sich der Mensch auf einen krummen Pfad und macht sich lächerlich. Besonders anfällig dafür sind Künstler – Dichter, Maler, Schauspieler.

Für Letztere ist die Gefahr abzuheben besonders groß. Jeden Abend stehen sie auf der Bühne, geben ihr Bestes mit vollem Körper- und Seeleneinsatz, ernten Applaus und denken sich groß dabei, obwohl sie nicht genau wissen, warum die Menschen im Saal so frenetisch klatschen. Vielleicht war das Stück zu lang, und sie sind froh, dass es endlich zu Ende ist und sie auf die Toilette gehen können. Vielleicht hat ihnen die Vorstellung überhaupt nicht gefallen, und sie klatschen nur aus Höflichkeit. Vielleicht tun sie es sogar aus Mitleid oder um die Schauspieler zu verspotten. Vielleicht schlagen sie auch einfach nur Mücken tot. Aber ein Schauspieler denkt automatisch, alle würden ihn mögen. Er wird eingebildet und eine Rampensau dazu. Bald kann er ohne sich steigernden Applaus nicht mehr existieren, sein Lebenswille verkümmert, wenn er ein paar Tage nicht auf der Bühne steht. Ohne es zu merken wird der Schauspieler ein Sklave seines Erfolgs. Je besser er spielt, umso schwieriger wird es für ihn, den Weg zurück in die Realität zu finden.

Meinem Freund Udo haben die Russen beim Rückweg geholfen. Er war ein guter Schauspieler und Akrobat und bekam auf zahlreichen Bühnen in Deutschland viel Applaus. Sein lautes knalliges Spiel gefiel vor allem den Frauen, und wenn sie jemanden mögen, können sie ihre Gefühle besser, direkter zum Ausdruck bringen. Sie haben mehr Möglichkeiten dazu. Während Männer, wenn sie jemanden mögen, in der Regel nur in der Ecke stehen und das Objekt ihrer Zuneigung anstarren, gehen Frauen in die Offensive. Udo hatte bei ihnen großen Erfolg. Nicht zuletzt deswegen gelangte er zu der Überzeugung, er sei ein göttlicher Schauspieler, der beste von allen.

Mit dieser Erkenntnis kam zwangsläufig die Frage, wer neben ihm auf der Bühne stehen dürfe. Eigentlich niemand. Ohne lange zu überlegen, entschied sich Udo, allein zu arbeiten, also nur noch Einpersonenstücke zu spielen, die er auch noch selbst verfasste. Genau genommen kombinierte er seine Monologe aus bereits vorhandenen Texten großer Autoren der Vergangenheit. Unter anderem machte er ein Stück aus Texten von Anton Tschechow und Charles Bukowski. Das Thema war, wie immer, die Befreiung des Menschen von den Ketten, die ihn im Joch der gesellschaftlichen Konventionen, Ideologien und ökonomischen Zwänge halten. Es ging um die totale Befreiung. Der Held dieses Theaterstücks, ein unglücklicher Vater mehrerer Töchter, der sich mit anstrengenden und schlecht bezahlten Jobs über Wasser hielt, sehnte sich leidenschaftlich nach Freiheit. Ein Tschechow'scher kleiner Mann, der zu einem Hooligan à la Charles Bukowski werden wollte. Im Stück versuchte er zunächst, sein Leben in den Griff zu kriegen gemäß den gängigen Rezepten – durch mühsames Arbeiten und Lernen. Doch gegen Ende des Stückes drehte er durch, riss sich die Kleider vom Leib, kletterte auf die Dekoration, die aus alten verrosteten Eisenrohren bestand, und schrie sich frei.

Die Rohre hatte Udo gefunden. Sie lagen Anfang der Neunzigerjahre überall auf Berliner Baustellen herum. Er bildete aus ihnen eine Art Würfel, und auf dieser Konstruktion spielte Udo das Stück. Er bewegte sich auf den Rohren wie ein Affe auf Bäumen, drehte sich sicher um die Rohre und kroch unter ihnen durch. Am Ende des Stückes kletterte er ganz nach oben – wohin sonst? –, richtete sich auf und schrie seinen finalen Monolog:

»Am liebsten!«, schrie er, »möchte ich alles hier liegen und stehen lassen und weit wegfliegen, weit weg zu den Sternen! Nichts wie weg!«

Dieser Ausbruch war der Höhepunkt des Abends.

Das Stück kam überall gut an. Die Würde und Freiheit, die der Held von Udo auf der Bühne so effektvoll forderte, sind Güter, deren Notwendigkeit jedem einleuchten. Die Tatsache, dass Würde und Freiheit weder durch das Hocken auf Rohren noch durch bloßes Eintragen in das Grundgesetzbuch zu bekommen sind, sondern ständig erkannt, erkämpft und erlitten werden müssen und das jeden Tag unseres Lebens immer wieder aufs Neue, diese Tatsache wird meist ausgeblendet.

Mit seinem Aufruf zur Freiheit wurde Udo von der Theaterkritik und dem Publikum gefeiert und zu mehreren Theaterfestivals im In- und Ausland eingeladen. Er bekam unter anderem eine Einladung nach Russland in die sibirische Stadt Magnitogorsk. Der Name der Stadt klang exotisch, und noch ansprechender klang der Name des Festivals: »Die goldene Maske«. Im Vorfeld des Festivals schickte Udo Skizzen seines Bühnenbildes nach Sibirien. Er telefonierte mit der Leitung des Festivals, ob die Bühne groß genug wäre und ob sie die notwendigen Eisenrohre zum Bau der Dekoration besorgen könnten. Die Russen versicherten ihm, sie hätten alles und mehr. Auf Gastspielen versuchte Udo, sein unaufwendiges Bühnenbild möglichst immer schon lange vorher zu klären, sodass er quasi am Tag der Aufführung kommen und bereits in der fertigen Dekoration proben konnte. Das hatte auch immer funktioniert, in Frankreich und in der Schweiz. Doch bei den Russen hatte er unerklärliche

Zweifel. Sein Gefühl sagte ihm, er sollte vielleicht lieber einen Tag früher nach Magnitogorsk fliegen.

Er kam tatsächlich einen Tag früher und sah: Sein Gefühl war richtig gewesen. Die Russen hatten jede Menge Gerüstrohre aufgetrieben, die auch richtig gut durchgerostet waren, sie hatten bloß keine Schellen, mit denen man die Rohre verbinden konnte. Udo wunderte sich, denn aus solchen Rohren wurden Baugerüste zusammengesetzt und zwar mit Bauschellen – anscheinend jedoch nicht überall auf der Welt. Wie wurden Baugerüste in Russland zusammengehalten? Diese Frage konnte ihm keiner der Verantwortlichen des Festivals »Die Goldene Maske« beantworten. Stattdessen fragte ihn der Festivalleiter besorgt, ob er möglicherweise zur Not auch ohne die Eisenrohre auftreten könne oder auf den herumliegenden, die malerisch auf der Bühne verstreut herumlagen und wie Reste einer untergegangenen Zivilisation wirkten, so phantasierte der naive Festivalleiter. Nein, sagte Udo entschlossen, er könne ohne sein Bühnenbild nicht spielen. Er war zutiefst erschrocken und beleidigt von der Unprofessionalität der russischen Kollegen. Am nächsten Tag würde er nur spielen, wenn das Bühnenbild stünde. Sollten die Rohre weiter einfach nur herumliegen, würde er sofort abreisen.

»Seien Sie nicht bockig«, bat ihn der Festivalleiter, »wir finden schon einen Ausweg. Das Bühnenbild wird morgen stehen, das versichere ich Ihnen.«

Am nächsten Tag kam Udo knapp zwei Stunden vor

dem angekündigten Beginn der Vorstellung ins Theater, um sich zu vergewissern, dass es nicht geklappt hatte. Im Geiste saß er schon im Flugzeug auf dem Weg nach Berlin. Doch der Festivaldirektor begrüßte ihn zufrieden lächelnd.

»Darf ich Ihnen schnell das fertige Bühnenbild zeigen?«, sagte er. »Alles ist genauso wie auf der Skizze, die Sie uns gefaxt haben!«

Udo ging auf die Bühne. Die Rohrkonstruktion stand wirklich genau, wie er sie haben wollte. Sie wurde von acht Männern in weißen Kimonos zusammengehalten. Sie standen an allen vier Ecken, an jeder zwei. Der eine hielt das untere, der andere das obere Rohr.

»Unsere städtische Karatesektion«, stellte der Festivalleiter die Männer vor. »Sie erklärten sich bereit, auch dieses Jahr das Festival ›Die Goldene Maske‹ zu unterstützen. Der Karateclub arbeitet mit uns schon lange zusammen, die Sportler sorgen für die Sicherheit unserer Gäste. Diesmal haben wir sie mit dem Bau des Bühnenbildes beauftragt.«

»Wissen Sie, dass mein Theaterstück zwei Stunden ohne Pause läuft?«, fragte Udo.

»Wir haben alles besprochen und nachts sogar die Sicherheit getestet«, berichtete der Direktor. »Ich bin überzeugt, sie werden es schaffen.«

Die Männer in den weißen Kimonos nickten.

»Nein, das geht nicht«, schüttelte Udo den Kopf. »Ich kann unmöglich auf Gerüstrohren spielen, die von lebenden Menschen zusammengehalten werden. Das sieht aus wie Folter, das *ist* Folter und macht den ganzen Sinn des Stückes zunichte. Sagen Sie ihnen, das ist sehr nett, aber sie sollen sofort die Rohre hinlegen, es wird nicht funktionieren.«

»Das kann ich den Männern unmöglich sagen«, flüsterte ihm der Festivalleiter ins Ohr und wurde dabei rot. »Sie haben sich sehr auf den Abend gefreut, sie haben ihre Frauen, Kinder, ihre Familien und Freunde eingeladen, der Saal ist voll. Für viele ist es die erste Möglichkeit, ihren Mann, Vater oder Geliebten in einem ausländischen Theaterstück im Rahmen eines Theaterfestivals auf der Bühne zu sehen. Wir sind ausverkauft. Die Männer haben sich rasiert und frisiert, wenn Sie nein sagen, machen die mir das Theater platt.«

Udo verstand – und spielte. Er schrie, er sprang, er drehte sich um die Rohre, die Männer schwitzten wie blöd, lächelten in ihre Schnurrbärte, hielten aber durch. Am Ende des Stückes kletterte Udo nach oben, rief, wie gerne er alles loslassen würde, um zu den Sternen zu fliegen. »Weit weg!«, rief er und überlegte gleichzeitig, wie gut, dass die Männer kein Deutsch verstanden, denn wenn sie jetzt loslassen würden, bräche er sich den Hals.

Am Ende forderte Udo die Karatemänner auf, mit ihm zum Verbeugen an die Bühnenrampe zu treten. Sie ließen endlich krachend die Rohre fallen, und das Publikum applaudierte im Stehen. Es war die beste Vorstellung, das beste Kollektiv seines Lebens, schwor Udo. Sein Stück war in Magnitogorsk ein großer Erfolg.

Der Tag der Schildkröte im Jahr der Kartoffel

»Sie schreiben die ganze Zeit nur über sich selbst, als wären Sie der Nabel der Welt!«, regte sich der Chefredakteur auf. »Ich frage mich, wen interessiert das? Dem Leser unserer Zeitung ist es völlig egal, was Sie sich beim Frühstück gedacht haben, was Sie gegessen haben und welche Musik dabei im Hintergrund gespielt hat. Der Leser will wissen, was draußen los ist, draußen bei den Menschen und nicht bei Ihnen in der Küche. Vergessen Sie bitte nicht, Sie arbeiten für das Ressort ›Gesellschaft‹, und nicht für das Ressort ›Frühstück‹!«

Markus machte die Zurechtweisung seines Vorgesetzten nichts aus, er dachte an Buddha, an Demut als Zeichen von Größe und schaute zu Boden, auf die Schuhe, die weißen Turnschuhe des Chefredakteurs, die nicht zu dessen Anzug passten und eigentlich alles über den Mann verrieten: über seinen schlechten Geschmack, den kurzsichtigen Blick, seine platte Realitätswahrnehmung. Markus hätte ihm widersprechen können, ihm sagen können, dass jede Gesellschaft aus Individuen bestand und dass er, als Individuum, ein Teil dieser Gesellschaft war, ein wertvoller Teil sogar, weil er zur Selbstreflexion fähig war und auch gewillt, darüber zu schreiben. Darum war alles, was er beim Frühstück aß, was er dachte und was er hörte, Teil des gesellschaftlichen Lebens, und er, der stellvertretende Chefredakteur des Ressorts »Gesellschaft«, müsste eigentlich den Boden dafür küssen, dass er die Texte von Markus ab und zu drucken durfte.

All das und noch viel mehr hätte er dem Chefredakteur sagen können, aber er sagte nichts, stand nur vor dessen Tisch, schaute dem Chefredakteur auf seine weißen Turnschuhe und schwieg. Markus hatte erst vor Kurzem bei dieser Zeitung angefangen und wollte unbedingt seine journalistische Karriere fortsetzen. Der Job gefiel ihm eigentlich gut, wenn da nicht diese nicht greifbare »Gesellschaft« gewesen wäre. Sie blieb für ihn unsichtbar.

»Wenn ich Ihre Texte lese, habe ich das Gefühl, Sie wissen gar nicht, was da draußen los ist«, fuhr der Chefredakteur in seiner Tirade fort. »Wissen Sie überhaupt, in welchem Jahr wir leben? Was unser Land in diesem Jahr feiert? Sechzig Jahre Bundesrepublik Deutschland, sechzig Jahre Grundgesetz, zwanzig Jahre Mauerfall, Wolfsburg hat gegen Bremen gewonnen und ist Deutscher Meister geworden, alles in einem Jahr. An einem Tag sozusagen wird hier Geschichte geschrieben, und Sie waren wie immer nicht dabei. Fällt Ihnen dazu irgendetwas ein? Zur Bundesrepublik, zum Grundgesetz, zu Wolfsburg?«

Markus strengte sich an, aber ihm fiel nichts zur Bundesrepublik und nichts zum Grundgesetz ein. Es war gut, dass es sie gab, andererseits wenn es sie nicht gegeben hätte, wäre sicher an ihrer Stelle irgendetwas anderes entstanden, das anders hieße und anders aussähe, aber sich bestimmt gleich oder mindestens so ähnlich anfühlte wie das Grundgesetz und die Bundesrepublik. Zu Wolfsburg fiel ihm etwas ein, dort wohnte seine ehemalige Freundin Katerina, die das Zusammenleben mit ihm zu kompromisslos gestaltete und ständig auf ihm herumhackte. Katerina die Große nannte er sie aus Spaß. Sie war auch vom Körperbau her eine ziemlich große Frau. Nach zwei Jahren erfolgloser Versuche, eine Zweisamkeit aufzubauen, hatten sie sich getrennt. Markus blieb in Berlin und arbeitete als freier Journalist, sie machte Karriere bei der Automobilindustrie in Wolfsburg.

»Ich rate Ihnen, gehen Sie unter die Massen, lernen Sie die Gesellschaft kennen, und bringen Sie mir einen guten Text«, beendete der Chefredakteur seine pathetische Ansprache.

Markus ging erst einmal an der Spree entlang. Hier hatte sich in diesem Frühling eine Art Promenade organisiert. Viele verschwitzte Rucksacktouristen liefen mit Fotoapparaten am Rand des verdreckten Flusses entlang, junge Männer und Frauen mit Bierflaschen und großen Würsten in der Hand, die alle zehn Meter unter dem Decknamen »Berliner Currywurst« angeboten wurden. Das Maiwetter ließ nichts zu wünschen übrig, es war sonnig und heiß. Die ganze Stadt roch nach Schweiß, Wurst und schmelzender Kosmetik. Markus schaute sich genau um auf der Suche nach der Gesellschaft, nach einem alles bestimmenden Rhythmus, einem Ziel, einem Zusammenhang, der die Menschen bewegte. Aber er sah nur Chaos und versteckte sich vor der Sonne in der U-Bahn. Eine Familie mit zwei Kindern und vielen Luftballons saß ihm gegenüber, das eine Kind aß eine Banane, das andere Kind malte in einem Block und zeigte sein Bild den Fahrgästen: ein Strauch, beladen mit runden schwarzen Früchten.

»Ist das nicht merkwürdig«, meinte eine mollige Tante in rosa Hosen, die neben Markus saß, zu ihrer Begleiterin. »Früher habe ich so gerne Bananen gegessen, ich war richtig versessen darauf, aber jetzt mag ich sie gar nicht mehr.«

Ihre Nachbarin, die einen Sonnenhut trug, nickte bedeutungsvoll und sagte: »Ja, ja.«

Ja, ja dachte sich Markus ebenfalls, die Evolution geht immer weiter. Noch vor ein paar tausend Jahren waren Bananen groß in Mode, alle haben wir sie geliebt, aber jetzt ist Spargel angesagt. Das war schon mal ein Anfang für einen neuen Artikel. Zum Grundgesetz und zur Bundesrepublik fiel ihm nach wie vor nichts ein.

»Was soll das sein?«, fragte die mollige Dame das malende Kind: »Schwarze Tomaten?«

Das Kind schaute die Tante an, als wäre sie verrückt, und erklärte, es seien Kartoffeln, es sei doch jetzt das Jahr der Kartoffel, und sie hätten in der Schule die Aufgabe bekommen, Kartoffeln zu malen.

»Die Kartoffel ist eine Wurzel«, lachte die Frau auf. »Sie wächst nicht am Strauch, sondern unter der Erde!«

Das Kind kuckte sie misstrauisch an, sagte aber nichts und machte einen auf Buddha – wie Markus im Gespräch mit seinem Chef. Kluges Kind, dachte Markus. Hauptsache keine Diskussionen mit der Gesellschaft.

Zu Hause angekommen rief er seinen Freund Peter an. Als Rechtsanwalt musste der ihn doch über sechzig Jahre Grundgesetz aufklären können. Vielleicht war er beim Feiern am Brandenburger Tor oder am Gendarmenmarkt auf dem offiziellen Empfang. 1400 Vertreter der Gesellschaft wollte man dort versammeln, so stand es zumindest in der Zeitung.

»Alles Idioten«, sagte der Anwalt. »Sie kommen aus ihren Provinznestern nach Berlin, fahren herum, und wenn sie irgendwo eine Fernsehkamera oder eine Imbissbude sehen, halten sie mitten auf der Straße an. Sofort bildet sich dort natürlich ein riesiger Stau. Das Grundgesetz haben die meisten hier gar nicht gelesen, sie kennen nur die ersten Kapitel, in denen es darum geht, welche Rechte sie haben: das Recht auf Freiheit, Gerechtigkeit und Arbeit. Und dass ihre Würde unantastbar ist. Als ob irgendjemand diese Würde gerne antasten würde.«

Markus bedankte sich für die Auskunft, legte auf und schaltete das Radio ein. Im Radio sagte eine milde weibliche Stimme, die Schildkröten auf den Galapagosinseln seien beinahe ausgestorben trotz des Naturschutzes, und deswegen sei der heutige Tag von der UNESCO zum Tag der Schildkröte ernannt worden. Es gäbe ein großes Konzert auf den Galapagosinseln mit direkter Übertragung in alle Länder der Erde. Das Eintrittsgeld und die Spenden sollten den Schildkröten zugutekommen. Es dämmerte bereits, als Markus seine Exfreundin in Wolfsburg anrief. Er hatte ihre Stimme seit sechs Monaten nicht mehr gehört.

»Zurzeit sind nur Idioten hier unterwegs«, verriet ihm Katerina leise. Die Wolfsburger Fans benähmen sich wie heißblütige Südländer: »Sie schießen Feuerwerksraketen ab, halten mitten auf der Fahrbahn an, steigen aus, schwenken Fahnen in der Luft und schreien. Natürlich entstand sofort ein riesiger Stau durch die halbe Innenstadt. In dieser Hauptstadt der deutschen Automobilindustrie geht zurzeit nichts mehr.«

Markus setzte sich auf den Balkon, baute sich einen großen Joint und sah sie auf einmal klar vor sich. Mit jedem Zug erschien sie klarer vor seinen Augen: die Gesellschaft. Sie war groß gewachsen, trug rosa Hosen, weiße Turnschuhe und einen Hut, schwitzte, brüllte, schwenkte eine Fahne, feierte gerne jedes Fest mit, wollte unbedingt ins Fernsehen, bewirkte überall riesige Staus und grillte große Würste unter der beißenden Sonne am Ufer eines verschmutzten Flusses am Tag der Schildkröte im Jahr der Kartoffel.

Der Dokumentarfilmer

Zu Beginn meines Aufenthalts in Berlin, Anfang der Neunzigerjahre, lernte ich täglich neue Künstler kennen. Man bekam fast den Eindruck, alle, die einen normalen Beruf ausübten, hätten die Stadt nach dem Fall der Mauer fluchtartig in Richtung Westen verlassen, um dort einen lukrativen Arbeitsplatz zu ergattern. In Berlin herrschte dagegen die brotlose Kunst. In jeder Kneipe saßen Dichter mit dicken Taschen, die Biertrinker am Tresen waren allesamt Musiker oder Fotografen, und in den dunklen Hinterzimmern hockten im Zigarrenrauch die Theatermacher.

Einer mit dem Spitznamen »Regisseur« lief mit seiner Handkamera durch diese ganzen Verschwörungen. Er filmte sie trocken und betrunken, auf dem Höhepunkt ihrer Projekte, aufgeregt und voller Optimismus, und als sie fertig waren mit der Welt. Er interviewte die Menschen, die ihm erzählten, was in ihrem Leben alles so passiert war, und was sie noch vorhatten. Aber mit der Zeit hörten die Dichter auf zu dichten, die Musiker am Tresen wechselten die Seiten und wurden zu Zapfern, und die Theatermacher lösten sich im Zigarrenrauch auf. Nachdem die Szene komplett untergegangen war, wurde der Film des Regisseurs ein großer Erfolg, und er wurde als Verfechter des neuen postsozialistischen Realismus bekannt. Nun wurde er selbst interviewt. Er sprach von der Authentizität des Dokumentarischen und dass der Film als Medium sich lange Zeit in eine falsche Richtung entwickelt hätte. Einst entstanden als Möglichkeit, die großartigsten und dramatischsten Momente der Geschichte zu dokumentieren – die erste Dampfmaschine, den ersten Luftballon, den Frieden und den Krieg –, wurde das Medium dann von den Künstlern gegen die Wand gefahren. Die echten Menschen auf echten Straßen ersetzten sie durch Schauspieler und Studios. Mit ihren künstlichen Einstellungen, mit falschem Blut und falschen Tränen hätten sie das Medium missbraucht und ein Theater daraus gemacht.

Der Regisseur fing dann an der Filmhochschule an. Drehte während des Studiums noch zwei Dokumentarfilme: über einen Schachklub von Behinderten und ein Waisenhaus, in dem die älteren Jahrgänge den jüngeren die Eltern ersetzten. Beide Filme fanden großen Respekt, waren dem Regisseur aber nicht authentisch genug. Er suchte nach einem richtig aufrüttelnden Stoff für seine Diplomarbeit und fand ihn schließlich in Hamburg. Dort beschloss er, eine sozial schwache Familie mit der Kamera auf dem Weg in den Abgrund zu begleiten. Die

Mutter hatte Alkoholprobleme, der Vater saß im Knast, die Tochter war mit sechzehn heroinabhängig geworden.

Die beiden Frauen waren sehr nett und hatten nichts dagegen, gefilmt zu werden. Die Mutter, eine ehemalige Wirtin, erzählte, sie könne nur noch an Selbstmord denken. Die Tochter war ganz leise und meinte, sie sei auch fix und fertig. In der Wohnung herrschte Untergangsstimmung, man verstand nicht, wie diese Menschen es dort überhaupt einen Tag aushalten konnten. Der Regisseur beantragte eine Drehgenehmigung für den Knast, wo der Vater einsaß, und fing derweil erst mal mit den beiden Frauen an.

»Wir schreiben das Jahr 1997«, moderierte er sich selbst hinter der Kamera. »Ein Hamburger Vorort, mitten in Deutschland, eine zerrüttete Familie: Der Vater sitzt in Haft, die Mutter säuft, die Tochter drückt. Wie fühlen Sie sich?«

»Beschissen«, sagte die Mutter.

Die Tochter meinte, sie fühle sich eigentlich normal.

Anfangs besuchte der Regisseur die Frauen jede Woche. Sie saßen im Wohnzimmer und erzählten, was in ihrem Leben so passiert war: Sie hätten sich wieder mal gestritten, aber dann doch wieder Frieden geschlossen. Die Mutter wollte eine Therapie machen, die Tochter nicht. Dann machte die Tochter eine Therapie und wurde clean. Dann hörte die Mutter auf zu trinken, dann fing die Tochter wieder an zu drücken, dann machte die Mutter eine Therapie.

Er besuchte sie alle zwei Wochen.

»Wie fühlen Sie sich? Was ist in Ihrem Leben passiert?«

Die Mutter hörte auf, die Tochter auch, dann fingen sie wieder an. Mal fühlte sich die Mutter beschissen, die Tochter aber normal, mal war es umgekehrt. Dann hatte der Regisseur einen Autounfall. Auf glatter Straße war er mit seinem Mitsubishi gegen einen Baum gefahren, hatte sich die Hand gebrochen und musste mit einer Gehirnerschütterung ins Krankenhaus. Als er rauskam, wollte seine Freundin ein Kind haben und mit ihm zusammenziehen. Er wollte jedoch erst einmal seine Diplomarbeit zu Ende machen und sie dann vielleicht an den WDR verkaufen – mit Aussicht auf einen guten Job. Also ging er erst einmal mit der Kamera schnurstracks wieder zu seiner Filmfamilie.

»Wir haben uns zwei Monate nicht gesehen. Was ist in Ihrem Leben passiert, erzählen Sie mal!«, bat er die Mutter.

»Ja«, nickte die Mutter stolz. »Es ist etwas passiert. Ich trinke jetzt nicht mehr. Und ich suche mir jetzt einen Job.«

»Fühlen Sie sich nun besser als früher?«, fragte er.

»Ja, viel besser, ich fühle mich hervorragend«, prahlte die Mutter.

Die Tochter hatte auch etwas zu erzählen: Sie hätte Schluss mit Heroin gemacht, und sie fühle sich jetzt normal.

So kamen sie über den Winter. Der Regisseur zog mit

seiner Freundin zusammen. Als er das nächste Mal seine Filmfamilie besuchte, sahen die beiden Frauen schlecht aus.

»Wir schreiben das Jahr 1998. Ist etwas passiert in Ihrem Leben?«, fragte der Regisseur.

»Ja, verfluchte Scheiße, es ist etwas passiert in unserem Leben«, heulte die Mutter.

»Sind Sie wieder rückfällig geworden?«

»Ja«, seufzte die Mutter. »Mir geht es so schlecht, am liebsten würde ich sterben!«

Die Tochter drückte wieder, fühlte sich aber immer noch normal.

Der Regisseur verkrachte sich mit seiner Freundin. Sie konnte es nicht mit ansehen, wie er seit zwei Jahren am gleichen Film hing. Er ging jedoch weiter regelmäßig zu seinen Problemfrauen. Gut Ding braucht Weile.

Im Frühling machten die beiden eine Entzugstherapie, im Sommer wurden sie wieder rückfällig, dann wollten sie in den Urlaub fahren nach Bayern, wo es Berge und keine Drogen gab. Dann fuhren sie aber doch nicht, weil es in Bayern nur Berge und keine Drogen gab.

Er wartete geduldig auf eine neue Wendung – dass eine der Frauen sich umbrachte oder umgekehrt: ein neues Leben begann. Er wollte aber nicht drängen. Jedes Mal, wenn er sie besuchte, erzählte die Mutter ihm, es sei so viel los gewesen. In Wirklichkeit war aber gar nichts passiert. Im Herbst wurden die beiden krank, dann aber wieder gesund. Der Regisseur bekam und bekam keine

Drehgenehmigung für den Knast, in dem der Vater einsaß. Die Knastbürokraten schickten ihm absurde Absagen. Trotzdem gab er nicht auf.

»Wir schreiben das Jahr 1999. Ein Vorort von Hamburg. Die Mutter säuft, der Vater sitzt, die Tochter drückt. Wie fühlen Sie sich?«

»Beschissen«, sagte die Mutter.

Die Tochter sagte: »Normal.«

Er hatte schon hundertfünfzig Stunden Material gedreht, jedoch noch keinen Film. Er wartete auf eine Eskalation des Konflikts.

»Wann kommt denn Ihr Mann frei?«, fragte er die Mutter verzweifelt.

Sie wusste es nicht mehr. Die beiden Frauen lebten ihr Leben weiter. Mal wollte sich die eine umbringen, mal die andere, sie hatten sich seit Drehbeginn überhaupt nicht verändert. Nur die Tochter hatte irgendwas mit ihren Zähnen wegen des Heroins. Die beiden fingen an, den Regisseur zu ärgern. Alle Fristen für seine Diplomarbeit waren längst überschritten, in seinem eigenen Leben brummte und krachte es vor lauter Konflikten. Mal wollte seine Freundin ein Kind, mal wollte sie ausziehen, aber in der kleinen Welt des Abgrunds herrschte absolute Stille.

Nach dem fünften Entzug war die Mutter weise geworden.

»Wozu das alles?«, philosophierte sie vor seiner Kamera. »Es hat doch alles keinen Sinn.«

Die Tochter meinte, sie fühle sich normal.

Es kam ein neuer Frühling, dann Sommer, dann Winter, Herbst und wieder Frühling. Der Regisseur besuchte sie immer seltener: einmal im Monat, jedes Mal in der Hoffnung, dass etwas passiert wäre. Es war aber nichts. Mehrmals wollte er aufhören, die ganzen Kassetten in einen Müllsack werfen und die Sache vergessen. Er hatte weder Job noch Geld, zu Hause lief alles schief. Zum ersten Mal kamen ihm Zweifel am Dokumentarfilm als solchem. Er wurde nachdenklich, hing immer länger in Kneipen herum.

Eines Nachts, als er nach Hause kam, fand er auf der Treppe einen Karton mit seiner Kamera und hundert Bändern Filmmaterial. Seine Freundin hatte ihn vor die Tür gesetzt. Er packte das Zeug zusammen und fuhr in den Hamburger Vorort zu den beiden Frauen. Er kannte sonst niemanden in der Stadt, bei dem er so spät noch anklopfen konnte. Draußen war es kalt, dichter Nebel lag über der Stadt, überall auf den Straßen lagen noch verbrauchte Knaller von Silvester herum. Trotz der späten Stunde waren die beiden Frauen noch wach und guter Dinge. Sie freuten sich, als wäre ein guter alter Freund gekommen.

»Sonst sitzen wir die ganze Zeit alleine hier!«, meinte die Mutter.

»Wir schreiben das Jahr 2000«, sagte der Regisseur. »Was ist in Ihrem Leben passiert?«

Die beiden Frauen kicherten.

»Erzählen Sie uns lieber, was in Ihrem Leben passiert ist!«, riefen sie.

»Ja«, ergänzte die Mutter, »ich weiß noch, wie Sie zum ersten Mal zu uns kamen, damals hatten Sie noch keine Glatze, oder?«

Der Regisseur zog bei ihnen ein.

Der Bücherwurm

Als mein erstes Buch, »Russendisko«, ins Russische übersetzt wurde, meldete sich bei uns in Berlin ein Fernsehteam aus der Heimat. Sie pendelten durch Europa auf der Suche nach berühmten Landsleuten im Ausland und wollten ganz authentisch bei uns in der Disko drehen. Es war ein kurzes Interview im Gedränge.

»Was meinen Sie, warum Ihre Bücher so gern gelesen werden?«, schrie mir der russische Journalist ins Ohr. »Wie kommt es, dass die Deutschen zur russischen Musik tanzen, obwohl sie den Text nicht verstehen?«

»Weiß nicht, warum sie tanzen«, schrie ich zurück, »und ich habe auch keine Ahnung, was hier so gelesen wird!«

Unter anderen Umständen hätte ich bestimmt irgendetwas zum Thema Völkerverständigung und die Reize der osteuropäischen Musik sagen können, aber in der Disko ging das nicht.

Nach ein paar Monaten wurde das Filmchen ausgestrahlt. Für siebzehn Sekunden erschien ich in der russischen Glotze, achselzuckend:

»Weiß nicht, hat sich so ergeben, keine Ahnung wieso.«

Diese siebzehn Sekunden Ruhm schien jedoch in meiner Heimat niemand verpasst zu haben. Alle Verwandten und Bekannten meldeten sich bei meinen Eltern in Berlin, entweder per Brief aus Moskau oder telefonisch aus dem Kaukasus: Euer Sohn ist Schriftsteller geworden, ganz fein, haben wir gesehen, kam gerade im Fernsehen. Sogar die vierundachtzigjährige Oma Lida aus Odessa, die Schwester meines verstorbenen Großvaters, schickte meinen Eltern einen Brief:

»Es hat mich sehr gefreut, dass euer Sohn ein Intellektueller geworden ist, dazu noch Schriftsteller. Er ist ganz nach meinem Sohn Vitalij, seinem Onkel, geschlagen. Vitalij schreibt auch ständig irgendwas, er verbringt seine ganze Zeit mit diesen Bücherwürmern im Klub«, schrieb sie.

Während des Krieges war Oma Lida Krankenschwester in einem Offiziershospital gewesen. 1941 wurde das Krankenhaus Richtung Ural evakuiert. Lida betreute den Transport, der mehrmals aus der Luft bombardiert wurde. Auf dieser langen Reise bekam sie eine Verletzung am Bein. All das brachte ihr wenig später eine Medaille »für Verdienste im Gefecht« und einen Sohn ein – meinen Onkel Vitalij. Als Vierzehnjähriger wurde ich im Sommer aus Moskau nach Odessa zur Oma geschickt und lernte dort meine Verwandtschaft näher kennen. Onkel Vitalij war ein etwas fettleibiger Mann um die vierzig, der noch immer bei seiner Mutter wohnte, drei Tage in der Woche als Laborant in einem Chemie-Institut arbeitete und gern über seine Verdauungsprobleme sprach.

In seinem ganzen Leben hatte er kein einziges Mal die Stadt verlassen. Er hing am liebsten zu Hause herum oder in einem nahen Park, wo er als Mitglied eines Buchklubs mit den anderen Bücher tauschte. Manchmal kamen seine bibliophilen Freunde auch zu ihm nach Hause. In meiner Anwesenheit redeten sie jedoch nie über Literatur, aber auch nicht über Autos und Frauen, sondern über ihre Gesundheit. Der eine litt unter Hautproblemen, und der andere hatte irgendwas mit den Zähnen. Da passte mein Onkel mit seinem kranken Magen gut in die Runde. Seine intellektuellen Freunde legten Wert auf gute Manieren, sie tranken gerne Tee aus Untertassen, selten ein Weinchen und niemals Schnaps. Für die Hafenstadt Odessa war das eine unübliche Gesellschaft.

Trotz seines Einsiedlerlebens und seiner gesundheitlichen Probleme hat mein Onkel Vitalij mehreren Frauen das Herz gebrochen, sich aber nie an eine gebunden. Laut einer Familienlegende verliebte sich einmal eine wunderschöne Schwarzmeermatrosin in Vitalij. In Odessa hatten die Seemänner den Ruf, Herzensbrecher zu sein, waren aber dennoch begehrte Heiratskandidaten, weil sie regelmäßig ins Ausland kamen und gut verdienten. Da musste eine Matrosin umso begehrter sein. Die von Onkel Vitalij war von der Handelsflotte, bildhübsch und reich. Sie hofierte meinen Onkel ziemlich lange, schenkte ihm schicke ausländische Klamotten, sogar Socken aus der Türkei, und bei jedem Landgang wollte sie mit ihm in ein Restaurant oder in einen Film gehen. Vitalij blieb aber hart. Er ging mit der Frau nicht aus. Irgendwann hatte die Matrosin die Nase voll und gab Vitalij auf. Danach verliebte sich eine Verkäuferin aus dem Lebensmittelladen schräg gegenüber in meinen intelligenten Onkel. Sie war ebenfalls hübsch und reich und besaß sogar ein Auto, was damals als sensationell galt. Aber auch ihr gelang es nicht, Vitalij aus der Obhut seiner Mutter zu zerren.

Und so blieb an ihm in der Familie der Ruf eines Muttersöhnchens haften, der sich in der Gesellschaft von Büchern wohler fühlte als in der von Mädchen. Meinen Eltern schickte er jedes Jahr zu Silvester eine Postkarte. In klarer Kinderschrift schrieb er: »Ich grüße Euch herzlich, meine liebenswerten Verwandten.« Dann zählte er alle namentlich auf bis hin zu längst verstorbenen Katzen, um schließlich fortzufahren:

»Uns geht es ganz schlecht, die Gesundheit lässt nach, wahrscheinlich werden wir sehr bald sterben. Doch Euch soll das neue Jahr viel Glück und eine neue Liebe bescheren, die wieder Frühling in Eure Herzen bringt und alles aufblühen lässt.«

Ich musste immer sehr lachen über die alljährliche Postkarte aus Odessa.

»Dein Onkel Vitalij hat einfach nicht alle Tassen im Schrank«, meinte mein Vater. »Wir sind beide siebzig, was denn für eine neue Liebe?«

Im Winter 2002 starb Vitalijs Mutter, Oma Lida, im

Alter von 84 Jahren, Vitalij blieb als fünfzigjähriger Junggeselle allein zurück. Zu Silvester blieb die Postkarte mit dem blumigen Inhalt aus. Meine Eltern machten sich Sorgen um den Onkel. Meine Mutter rief bei ihm zu Hause in Odessa an. Eine unbekannte männliche Stimme meldete sich am Telefon.

»Vitalij ist nicht da, er ist joggen am Meer«, sagte die Stimme.

Meine Mutter erschrak, der Mann beruhigte sie aber:

»Machen Sie sich keine Sorgen, uns beiden geht es sehr gut, hervorragend, im Sommer planen wir eine Reise nach Bulgarien zum Tauchen.«

Meine Mutter war verwirrt: »Wer sind Sie überhaupt?«, fragte sie.

»Ich heiße Sergej«, sagte die Stimme. »Vitalij und ich, wir leben zusammen. Er ist für mich mehr als ein Bruder und mehr als ein Freund, verstehen Sie? Wir kennen uns schon sehr lange«, flüsterte die unbekannte Stimme in den Hörer und fuhr fort: »Bitte schicken Sie uns keine Medikamente mehr, liebe Frau. Besser gleich Geld, wenn es geht.«

Meine Eltern fühlten sich überrannt und konnten mit der Neuigkeit nichts anfangen.

»Was ist er? Mehr als ein Bruder und mehr als ein Freund? Ich verstehe gar nichts mehr. Das ist ein Betrüger«, schimpfte mein Vater. Er überlegte sich schon, nach Odessa zu fliegen, um seinen Cousin Vitalij vor Ort zu retten.

»Was hältst du denn davon?«, fragten meine Eltern mich.

»Es ist alles in Ordnung mit dem Onkel«, beruhigte ich sie. »Er ist wahrscheinlich schwul.«

»Wie – schwul?« Meine Mutter kuckte ungläubig und lachte dann. »Ach, erzähl keinen Quatsch, das kann nicht dein Ernst sein, er ist über fünfzig und plötzlich schwul?«

»Wieso denn plötzlich? Er war schon immer schwul, Mama. Ich wollte es euch eigentlich schon vor zwanzig Jahren sagen, damals ergab sich jedoch nie die Gelegenheit dazu.«

»Aber die Matrosin? Die Verkäuferin aus dem Lebensmittelladen?«, konterte meine Mutter.

»Alles nur Ablenkungsmanöver«, entgegnete ich.

Trotzdem konnte ich meine Eltern nicht überzeugen.

»Nein, du irrst dich, Onkel Vitalij kann nicht schwul sein! Wenn es so wäre, hätte er es uns bestimmt früher gesagt! Wir sind doch zivilisierte Menschen!«, wiederholte meine Mutter.

»Ich wusste schon immer, dass er eine Schraube locker hat«, ergänzte mein Vater. »Er wird bestimmt mal anrufen und uns über seinen Freund aufklären.«

Doch der Onkel meldete sich nicht, wahrscheinlich weil er auf solche Gespräche keine Lust hatte. Für ein anständiges Coming-out wäre es sowieso zu spät gewesen. Von Buchliebhaber zu Buchliebhaber habe ich ihm dann etwas Geld geschickt und eine blumige Postkarte mit Glückwünschen zu seiner neuen Liebe: Der Frühling solle in sein Leben treten, alles aufblühen lassen … Pipapo.

Homer

Welche Rolle spielt die Kunst für das wahre Leben? Der Streit ist alt. Werden die Menschen blöd, wenn sie einen blöden Film sehen? Ganz sicher, sagen die einen. Nee, sagen die anderen. Sie können einander nichts beweisen. »Wir haben den Film gesehen«, sagen die einen, »und fühlen uns ganz blöd.« »Wir haben den Film auch gesehen«, sagen die anderen, »und uns geht's gut.« Selbst wenn nachgewiesen wird, dass ein schlimmer Verbrecher kurz vor seiner Tat mit Kunst in Kontakt gekommen war, bleibt unklar, ob er zu diesem Zeitpunkt schon ein Verbrecher war oder erst nach seiner Begegnung mit der Kunst zu einem wurde.

Auch die Literatur bleibt von dieser Diskussion nicht verschont. Viele Großautoren, die Pfeife rauchen und Rotwein trinken, meinen, die Literatur spiele durchaus eine wegweisende Rolle in der Gesellschaft und könne ein moralischer Kompass sein, der die Menschen zum Guten führt. Die biersaufenden Autoren kontern, Literatur sei bloß bedrucktes Papier, das für einige Stunden für Spaß oder eben Langweile sorgen kann. Nicht mehr, aber auch nicht weniger. Oder wie die Russen sagen: »A book a day keeps reality away.« Um ihre Gegenspieler noch mehr zu reizen, fangen die Biertrinker an, Pfeife zu rauchen oder stellen sich auf Rotwein um.

In Russland streiten zu diesem Thema die bärtigen und die rasierten Schriftsteller. Die Bärtigen behaupten, die Literatur könne die Menschen durchaus in ihrem Tun beeinflussen. Die Rasierten machen darüber ironische Bemerkungen. Manchmal gehen sie in ihrer Ironie so weit, dass sie sich Bärte wachsen lassen, um den Bärtigen zu zeigen, dass auch ein Bart aus nichts anderem als Haaren am Kinn besteht. Die Bärtigen rasieren sich aus Protest die Bärte ab. Deswegen sind die Fronten in der letzten Zeit zumindest äußerlich sehr unklar. Wer hat nun recht? Ich behaupte, der Mensch ist ein dermaßen zartes Wesen, dass ihm oft schon ein halbes Lied reicht, um durchzudrehen, von einem dicken Buch ganz zu schweigen. Ein ganz dickes Buch kann Menschen ins Jenseits befördern.

Einmal war ich Zeuge, wie ein Klassiker der abendländischen Literatur das Leben eines jungen Mannes ruinierte. Ich arbeitete in einer freien Theatergruppe, als ich ihn kennenlernte. Er kam aus Leipzig, wo er Germanistik und Theaterwissenschaft studiert hatte, nach Berlin und bekam hier einen Beamtentisch im Kulturamt. Doch diese Tischarbeit machte ihn nicht glücklich. Er sehnte sich nach spannenden Projekten, nach einer kleinen Theaterrevolution. Es war aber gerade damals nicht viel los im Bezirk – die Tendenz ging eher zum Puppentheater als zur Revolution. Deswegen sagte er sofort zu, als ein junger Regisseur mit leuchtenden Augen zu ihm kam und Geld für eine Inszenierung beantragte. Der Regisseur wollte Homers »Odyssee« inszenieren und sie dabei fest an die Realien der heutigen Zeit binden.

»Odysseus verlässt seine Frau und zieht los, raus aus der DDR, um den wilden Westen zu erobern«, erzählte der Regisseur. »Dabei passieren ihm etliche Missgeschicke, und seine Freunde, die ihn in den Westen lockten, lassen ihn im Stich. Fix und fertig kehrt er schließlich nach Hause zurück, doch die DDR ist nicht mehr da, und seine Frau ist mit einem Wessi verheiratet!«

Der Kulturamtsmitarbeiter fand die Idee sehr originell. Er bewilligte dem jungen Regisseur einen Tausender für das Stück.

»Jetzt brauche ich nur noch jemanden, der mir die richtige Fassung schreibt!«, meinte der Theatermacher. »Sie muss knapp und zügig sein, vor allem aber muss die Sprache von Homer vergegenwärtigt werden, damit jeder sofort versteht, worum es geht.«

»Das kann ich machen«, erwiderte der Beamte. »Ich habe doch in Leipzig Germanistik und Theaterwissenschaft studiert.«

»Kannst du in einem Monat damit fertig sein?«, fragte ihn der Regisseur.

»Selbstverständlich«, versicherte er.

Später tranken sie noch einige Metaxas auf den Erfolg

des Unternehmens. Noch in derselben Nacht zog der Beamte die Reclam-Ausgabe von Homer aus dem Regal. Das Buch war nicht sehr dick, etwas über 400 Seiten, und ließ sich angenehm lesen. Die seltsam umständlich schönen Sätze gefielen ihm, nur eine Idee für die Umsetzung kam ihm nicht. Das Lesen von Homer wurde bald zu seiner Hauptbeschäftigung. Er las das Buch bei der Arbeit und zu Hause, machte Notizen, dachte nach. Ab und zu rief der junge Regisseur an und nervte ihn mit Fragen, ob er wisse, dass die drei Wochen um seien, und wie die Sache vorangehe?

»Mach dir keine Sorgen«, antwortete der Beamte ruhig, er sei dicht dran, und bald werde es etwas zu lesen geben.

Der Regisseur ließ nicht locker, der Beamte las Homer: Die Reise ging ewig weiter. Odysseus fuhr und fuhr und fuhr, seine Penelope wartete und wartete. Der Regisseur besuchte ihn im Büro.

»Es sind schon über zwei Monate um!«, schrie er so laut, dass die anderen Mitarbeiter des Kulturamts ihre Arbeit vergaßen und neugierig aufschauten. »Ich habe noch kein Blatt von deiner Fassung gesehen! Ich bezweifle, dass überhaupt eine existiert!«

»Aber natürlich gibt es sie«, konterte er. »Am nächsten Freitag hast du alles auf dem Tisch.«

Der Regisseur fluchte und ging.

An diesem Abend betrank sich der Beamte fürchterlich und schlief am Kneipentisch ein, was ihm noch nie passiert war. Vor ihm lagen weiße Blätter. Auf einem stand

»Homer: ›Die Odyssee‹ – eine Theaterfassung«. Zu diesem Zeitpunkt hatte er längst kapiert, dass man aus diesem Buch niemals ein aktuelles Theaterstück machen konnte, er brachte es nur nicht übers Herz, das dem Regisseur zu sagen. Das Buch war eine Falle. Es war ein Buch der Trostlosigkeit, der Unmöglichkeit, irgendein Ufer zu erreichen. Odysseus fuhr und fuhr, Penelope wartete und wartete, der Beamte soff und soff.

Am verabredeten Freitag stürzte er in eine Baugrube und brach sich einen Zeh (aus Versehen, wie er dem Arzt mitteilte). Er wurde behandelt und krankgeschrieben. Der Regisseur rief ihn zu Hause an. Der Beamte erklärte ihm, einige Blätter seiner Neufassung seien ihm beim Sturz in die Baugrube abhandengekommen, gerade als er unterwegs zum Regisseur gewesen wäre. Aber zum Glück habe er ja alles im Kopf, und sobald er wieder gesund sei, werde er sich melden. Der Regisseur beschimpfte ihn als Lügner.

Danach erschien der Beamte nicht mehr zur Arbeit. Er ging auch nicht mehr in seine Stammkneipe und mied alle Bekannten. Einmal behauptete eine ehemalige Kollegin von ihm, sie habe jemanden in Neukölln gesehen, der ihm sehr ähnlich gesehen habe, und dieser Jemand sei schreiend und betrunken über die Straße gelaufen mit einem Buch unter dem Arm. Was für ein Buch, das habe sie nicht sehen können.

Seine Stelle im Kulturamt wurde bald von einem anderen Beamten besetzt. Und der Regisseur inszenierte

Homer trotzdem – ganz ohne Text als Pantomime. Das Stück war sogar erfolgreich, es bekam gute Kritiken in der Presse. Unser Beamte tauchte nie wieder auf. Die einen erzählen, er hätte sich nach Leipzig zurückgeschlichen, andere behaupten, dass er nach einer Entzugstherapie in der Klapse gelandet sei. Der alte Schurke Homer hat ihn geholt.

Kapitän No More

Das Inselleben in Kroatien steht, ganz anders als das Leben auf dem Festland, im Zeichen des Wettbewerbs. Auf dem Festland müssen die Menschen ihre Einmaligkeit, ihre Talente einander nicht beweisen. Auf dem Festland ist allen egal, wer die besseren Gurken einmacht. Die Bewohner auf den tausend kroatischen Inseln müssen aber einen besonderen Grund haben, ihre jeweils eigene Insel mehr zu schätzen, sie für lebenswerter zu halten als alle anderen Inseln. Es gibt daher eine, wo der beste Wein angebaut wird, oder andere, die für eine bestimmte Käsesorte berühmt sind. Man weiß von Inseln, wo besonders gute Schafe weiden, und Inseln, deren Bewohner besser angeln können als alle ihre Nachbarn zusammen. Auf solchen Fischerinseln werden intime Kenntnisse über die Aufenthaltsorte der besonders fetten und schmackhaften Fische von Generation zu Generation weitergegeben. Diese Insulaner, so heißt es, kennen sich auf dem Meeresboden besser aus als in ihrem eigenen Keller.

Die kroatische Insel Mali Lošinj zum Beispiel ist dafür berühmt, dass dort die besten Kapitäne geboren werden. Sicher werden diese Menschen nicht als Kapitäne geboren, sie werden zu Kapitänen gemacht. Doch manch einer auf der Insel erzählt gerne, dass Kinder hier gelegentlich gleich mit einem Tattoo auf die Welt kommen – ein kleiner Anker auf dem linken Oberarm. Dann wissen alle: Ein Kapitän wurde geboren. Solche Kapitäne sind imstande, jedes Schiff bei jedem Wetter und in jede Richtung durch das unruhige Meer zu steuern. Leider sind die Arbeitsaufträge für diese wahren Kapitäne in letzter Zeit selten geworden. Ob die Seekrankheit oder die Finanzkrise daran schuld ist, weiß man nicht. Auf alle Fälle sind die reichen Erbschmarotzer, die früher auf ihren Jachten wilde Partys feierten, um die Welt segelten und immer wieder gute Kapitäne anheuerten, fast ausgestorben.

Die Arbeitslosenquote auf der Insel der Kapitäne ist sehr hoch und macht das Schicksal der Bewohner dort besonders tragisch. Wie kein anderes Dorf sind die Kapitäne auf die große weite Welt angewiesen. Der Winzer bleibt nie allein. Selbst wenn ihm die Kunden ausbleiben, hat er noch immer seinen Wein. Der Hirte hat seine Schafe, der Fischer die Fische, aber was hat der arme Kapitän, wenn die reichen Schmarotzer nicht kommen? Er hat nichts. Ein eigenes Schiff ist zu teuer und aufwendig im Unterhalt. Und Kapitäne sind schnell verderblich, sie vergammeln quasi, wenn sie zu lange an Land bleiben.

Umso mehr freute sich das Dorf, als Fernando, ein junger Kapitän, einen Auftrag bekam. Fernando war ein geborener Kapitän mit dem Anker auf dem linken Oberarm und trug im Dorf den Spitznamen Käpt'n Nemo wegen seiner ruhigen zurückhaltenden Art und seinem großen Schnurrbart. Nun sollte er sein Können endlich wieder unter Beweis stellen. Eine reiche Erbin der Familie Swarowski, die mit Edelsteinen handelt, eine Künstlerin laut eigener Einschätzung, die Schmuck und neue Edelsteinvariationen entwickelte, hatte sich eine tolle große Jacht zugelegt und suchte einen Kapitän für eine lange Reise, möglicherweise sogar eine Weltumsegelung. Sie blätterte in einem speziellen Kapitänskatalog und blieb dort beim Foto von Kapitän Nemo hängen. Wie die meisten reichen Erbinnen hatte die Edelsteinkünstlerin keine Ahnung von Seeleuten. Sie wählte sich ihren Kapitän nicht nach seinen Fachkenntnissen, sondern nach seinem Aussehen. Kapitän Nemo war groß, hatte dunkle Locken, einen Schnurrbart, gute Zähne – ein perfekter Kapitän.

Er bekam den Job und 5000 Dollar Gehalt, jedoch unter einer Bedingung: Der Kapitän musste eine spezielle Kunstuniform tragen, einen fantasievollen Anzug, den seine Arbeitgeberin extra für ihn entwickelt hatte: eine Fantasieuniform mit riesigen Schulterklappen, Hosen mit goldenen Streifen und im Dunkeln leuchtenden Knöpfen. Dazu eine Mütze mit zwei aufgenähten Delfinen. In diesem Aufzug sah der Kapitän aus wie Oberst Gaddafi und sogar noch durchgedrehter. Sicher wäre sein Ansehen ruiniert, wenn ihn jemand aus seinem Dorf in diesem Clownskostüm gesehen hätte. Doch er musste die Fantasieuniform nur im Dienst tragen. Und wer würde ihn schon draußen auf dem Meer auslachen können – nur die Möwen, die würden lachen. Fernando überlegte kurz und nahm die lästige Uniform in Kauf. Es schien ihm ein ehrlicher Deal, ein Mal von den Möwen ausgelacht zu werden für 5000 Dollar im Monat.

Die Edelsteinkünstlerin hatte ihren Kapitän zu einem großen Hafen nach Italien bestellt, zur Anzuganprobe und damit er das Schiff kennenlernte. Die Jacht lag noch in der Werft, die letzten Vorbereitungen vor der großen Reise mussten noch getroffen werden. Die Edelsteinkünstlerin wollte ihre wertvolle Zeit aber nicht vergeuden, sie ging jeden Tag einkaufen. Sie bat den frisch eingestellten Kapitän eindringlich, sie dabei zu begleiten. Natürlich in der neuen Uniform. In diesem Anzug sah der Kapitän unsäglich dämlich aus, wie ein Operettenkapitän. Sein Gesicht färbte sich unweigerlich rot, wenn er auf die Straße ging. Aber er tat es. Man gibt nicht auf halbem Weg zum Ziel auf. Für einen Rückzieher war es zu spät, überredete er sich selbst.

Aber die Situation wurde täglich schwerer. Bereits am zweiten Tag bat die Edelsteinkünstlerin ihn, sie nicht nur beim Einkaufen zu begleiten, sondern, was noch viel wichtiger für sie war, ihre zwei Pudel an der Leine auszuführen. Die Pudel waren gefärbt, der eine rosa, der andere violett. Ebenfalls gefärbt waren die Leinen. Sie leuchteten in der Dunkelheit. Die Edelsteinkünstlerin, die jeden Tag in der Stadt auf der Hafenpromenade einkaufen ging mit einem schnurrbärtigen Kapitän in vergoldetem Anzug im Schlepptau, der zwei gefärbte Pudel hinter sich herzog, bekam viel Aufmerksamkeit und erntete Bewunderung in der Stadt. Ihre Fotos tauchten in der regionalen Presse auf, sie war glücklich. Der Kapitän dagegen litt unter seinen Aufgaben und überlegte, den Job trotz des vielen Geldes hinzuschmeißen. Er beschwerte sich bei seiner Auftraggeberin, sagte laut Nein zu den Pudeln und weigerte sich, weiter mit ihr shoppen zu gehen. Daraufhin wurde verhandelt und sein Gehalt von 5000 auf 8000 Dollar erhöht. Die Erbin erzählte in einem Interview, sie sei mit ihrem Kapitän sehr zufrieden, noch nie zuvor sei sie so sicher von Geschäft zu Geschäft gelotst worden.

Die einzige Hoffnung des Kapitäns war, dass sie irgendwann einmal in See stechen würden und seine Einkaufsfolter vorbei wäre. Doch seine Auftraggeberin wollte gar nicht aufs Meer. Je länger sie im Hotel am Hafen wohnte, umso mehr gefiel es ihr dort. Sie hatte sich an den schnurrbärtigen Kapitän gewöhnt, sie genoss den Medienrummel um ihre Person, und der tägliche Einkaufsbummel machte ihr großen Spaß. Sie wollte sehen und gesehen werden. Sie wollte angeben, feiern, sich unterhalten. Nur in einem Albtraum konnte sie sich vorstellen, diesen ganzen Spaß zugunsten eines Lebens in einer Wasserwüste aufzugeben. Dort erwarteten sie nur Seekrankheit, ein kalter Wind und kreischende Vögel. Eines Tages sagte sie zu Kapitän Nemo in einem Einfall von Aufrichtigkeit, sie brauche eigentlich gar keine Jacht und sei mit dem Kapitän als Hundehalter mehr als zufrieden. Sie machte ihm das Angebot, weiter als Landkapitän bei ihr zu arbeiten.

Fernando schmiss den Job hin. Auch für noch so viel Geld konnte er sich nicht umstellen. Er brauchte das Meer. Er ließ die Hunde und den Anzug in der Hotelsuite liegen und floh beinahe in sein Dorf zurück. Nur die Kapitänsmütze mit den zwei goldenen Delphinen drauf hatte er behalten zur Erinnerung an den Job. Manchmal in der Kneipe setzt er die Mütze auf, und alle lachen. Nie wieder würde er sich mit reichen Schmarotzern einlassen, schwor Fernando jedes Mal in betrunkenem Zustand. Dafür bekam er von seinen Nachbarn den hinterhältigen Spitznamen Kapitän No More.

Einmannstück

Ein Freund von mir, ein Theaterregisseur, mit dem ich früher in Moskau gelegentlich Theaterstücke auf die Bühne gebracht hatte, meldete sich bei mir in Berlin. Er habe gerade in Bulgarien, bei einem internationalen Festival für Einmannstücke, den ersten Preis gewonnen und beschlossen, mit dem Preisgeld eine Reise durch Europa zu unternehmen. Unter anderem wollte er nach Berlin kommen und mich besuchen. Das freute mich. Die halbe Nacht lang saßen wir dann in der Küche und erinnerten uns bei Cognac und Tee an die wilde vergangene Performance-Zeit.

Damals in den Achtzigerjahren des vorigen Jahrhunderts war unsere theatralische Tätigkeit ein Akt politischen Ungehorsams. Wir benutzten kleine Schulbühnen, Säle von Kulturclubs, und manchmal spielten wir auch auf der Straße. Unsere Dekorationen waren Ampeln und Telefonzellen, unsere Komparsen die Fußgänger. Die Stücke wurden nur minimal vorbereitet, in der Hauptsache improvisiert. Jeder Beteiligte wusste zwar, wo das

Spiel beginnen sollte, aber niemand hatte eine Ahnung, wo und wie es enden würde – ob schon nach wenigen Minuten auf der anderen Straßenseite oder bei der Polizei. Wir erschienen zur verabredeten Zeit in selbst genähten farbenfrohen Kostümen und deklamierten unterschiedliche Monologe aus verschiedenen bekannten Theaterstücken aneinander vorbei.

Solche Schauspiele galten als Geste des Widerstands. Wir wollten damit den totalitären Gurkengriff des Staates lockern und dem System zeigen, dass jeder Mensch nicht weniger wert war als das ganze Universum. Damals war unsere Welt von ideologischen Systemen beherrscht, die nach einem festen, versteinerten Muster funktionierten. Ob Sozialismus oder Kapitalismus, beide hatten eine vollkommene, glückliche Gesellschaft als Ziel, in der alle Wünsche und Bedürfnisse der Bürger restlos gestillt werden sollten. In dieser perfekten Gesellschaft hätte jede Veränderung der Zustände eine Verschlechterung bedeutet. Wie in einem Paradies sollten wir auf Zehenspitzen herumgehen, um diesen Zustand des für alle errungenen Glücks nicht zu zerstören. Ich weiß nicht warum, doch genau so stelle ich mir das Paradies vor: als Ort, an dem alle auf Zehenspitzen herumgelaufen sind. Grillen war sicher verboten.

Im Sozialismus hat die glückliche Gesellschaft nicht geklappt, weil nie alle das Gleiche wollten. Auch im Kapitalismus hat man festgestellt, dass es in einer rundum zufriedenen Welt kein Wachstum mehr geben kann. Es würde keinen Spaß machen, in einer solchen Welt zu leben, die mehr nach einem Friedhof aussah als nach einem Paradies. Der Kapitalismus war jedoch flexibel und programmierte die Unzufriedenheit als eine notwendige Option gleich mit ein. Er fing an, mit der einen Hand immer neue Bedürfnisse zu produzieren, um gleichzeitig mit der anderen diese Bedürfnisse zu befriedigen. Fast alle modernen Produkte bergen daher einen Gegensatz in sich, sie sind zugleich das Problem und seine Lösung.

Seitdem ist viel Zeit vergangen, die Sonne hat sich mehrmals um die Erde gedreht, und wir haben aufgehört, Theater zu spielen. Alle bis auf meinen Freund, den Regisseur. Er ist als Einziger dem Theater treu geblieben und inszenierte in seinem Keller in Moskau weiter seine Stücke. Bei jedem Treffen versuche ich ihm dieses Theater auszureden.

»Was soll das?«, frage ich ihn. »Heute brauchst du doch keine spezielle Kunstform, keine Bühne, keine Kostüme und schon gar nicht einen gelernten Text, um den anderen etwas mitzuteilen oder sie auf die Vielfalt der Welt aufmerksam zu machen. Du kannst jedem auch so alles sagen, was du willst.«

»Eben nicht«, kontert mein Freund, der Regisseur. »Es ist etwas Schlimmes passiert. Die Menschen haben durch diese scheinbare Freiheit verlernt, miteinander zu kommunizieren. Die wichtigste Form des menschlichen Seins, der Dialog, ist in der Vielfalt der Ausdrucksmöglichkeiten verloren gegangen. Und ohne Dialog wird die

Menschheit nicht überleben können. Schau dich um. Ob Malerei, Literatur oder Kino – es sind alles Ausdrucksmittel von Einzelnen. Nur das Theater setzt auf Dialog. Jedes gelungene Theaterstück ist ein stattgefundenes Gespräch«, meinte mein Freund.

Sein Theater nennt sich auch »Schule des Dialogs«. Bühne, Kostüme und Texte interessierten ihn nicht sehr. Zu ihm kommen Menschen, nicht unbedingt Schauspieler, die es aufs Neue lernen wollen, mit anderen in Kontakt zu kommen, und er bringt es ihnen auf der Bühne bei.

»Alles schön und gut. Aber warum fährst du mit deiner Schule des Dialogs zu einem Festival der Einmannstücke und besitzt noch die Frechheit, dort zu gewinnen«, fragte ich.

»Das war eben ein Unfall«, meinte mein Freund.

Vor einiger Zeit war ein Mann zu ihm gekommen und hatte gesagt, er habe ein Theaterstück für zwei Personen geschrieben. Es gehe darin um einen Dialog zwischen einem Säufer und Gott, wobei nicht ganz klar wurde, ob der Säufer schon gestorben war und nun eine Art Verteidigungsrede vor dem Jüngsten Gericht für sich hielt, oder noch nicht gestorben war und diese Rede erst trainieren wollte. Das Stück hatte stark autobiografische Züge, denn früher hatte der Autor tatsächlich stark getrunken. Mein Freund, der Regisseur, anfangs misstrauisch, las den Text in einem Zug durch und war begeistert. Dabei war es ein etwas seltsamer Dialog: Der Säufer redete die ganze Zeit, und Gott schwieg.

Mein Freund beschloss, das Stück mit dem Autor zusammen aufzuführen, nur sie beide. Der Autor sollte den redenden Mann spielen und der Regisseur Gott. Die Proben liefen hervorragend. Doch kurz vor der Premiere hielt der Hauptdarsteller es nicht mehr aus und fing wieder an zu saufen. Es bringe sowieso alles nichts, meinte er und meldete sich aus gesundheitlichen Gründen von der Bühne ab. Der Regisseur blieb allein zurück. Er überlegte nicht lange. Den Text kannte er inzwischen auswendig, also beschloss er, das Stück alleine zu spielen. Gott hatte ja sowieso nichts zu sagen, er schwieg die ganze Zeit, nun war er auch noch unsichtbar geworden. Alles wie im richtigen Leben.

Das Stück wurde ein Erfolg. Mein Freund spielte in vollen Clubs in beiden russischen Hauptstädten, meldete es bei dem bulgarischen Festival für Einmannstücke an und gewann dort den ersten Preis.

»Sogar der Dialog hat geklappt«, meinte er. So habe er nach der Vorführung eine sehr schöne Bulgarin kennengelernt, die zu ihm sagte: »Auf der Bühne sahen Sie so allein und gottverlassen aus, ich konnte es kaum aushalten. Darf ich Sie zu einem Kaffee einladen?«

Sie blieben in Kontakt.

Trr cha cha

Einer der größten, fettesten und begehrtesten Fische Russlands ist der Wels. Die Welse werden auch Katzenfisch genannt, weil sie einen Schnurrbart tragen und katzenähnliche Geräusche machen. Wenn sie unter der Wasseroberfläche schwimmen, miauen und schnurren sie. In Wirklichkeit sind Welse, an ihrer Anspruchslosigkeit gemessen, keine Katzenfische, sondern Wasserschweine. Sie essen alles, was andere Fische auch essen, aber was andere Fische nicht essen, essen sie auch. Zudem essen sie alle anderen Fische ebenfalls. Sie können in Salz- und Süßwasser gleich gut leben und werden im Schnitt hundert Jahre alt, manchmal sogar älter. Ihrer Körpergröße sind keine natürlichen Wachstumsgrenzen gesetzt, sie können groß wie ein LKW werden, wenn sie nicht rechtzeitig vom Menschen gefangen, gebraten und gegessen werden.

Sie können dem Menschen aber auch gefährlich werden. Die Großmutter meiner Frau erzählte ihr als Gutenachtgeschichte, wie einmal ein Wels einem kleinen Mädchen im Wasser beinahe den Kopf abgebissen hätte. Der Fisch erstickte dann am Kopf des Mädchens. Mir wurde in meiner Kindheit von meinem Großvater eine ähnliche Geschichte erzählt, bloß dass es darin um den Kopf eines Jungen ging. In der Fischerfolklore zirkulieren heute viele Geschichten über die großen Welse der Vergangenheit, so groß wie Pferde, und über die der Gegenwart, die deutlich kleiner sind, aber immerhin auch nur von zwei Anglern aus dem Wasser gezogen werden können. Der Wahrheit halber muss an dieser Stelle gesagt werden, der Trend zur allgemeinen Verkleinerung aller Lebewesen ist in Russland allgegenwärtig, er beschränkt sich nicht nur auf Welse. Grundsätzlich war in Russland vor der Großen Oktoberrevolution alles größer und ist danach kleiner geworden.

Doch selbst in dieser verkleinerten Welt haben Welse eine Sondergröße. Um sie zu fangen, bedarf es einer besonderen Ausrüstung, einer besonders dicken Angelschnur und der Erfahrung, womit diese klugen Fische geködert werden können. Als beste Köder gelten am Lagerfeuer leicht angebratene Frösche. Nichts mögen Welse lieber als leicht Angebratenes, sie riechen es noch tief unter Wasser. Auch sind sie geräuschempfindlich. Jahrelang haben erfahrene Angler zum Welsrufen einen Qvoq benutzt, ein speziell für diesen Fisch konstruiertes Instrument, das genau die gleichen Geräusche machen kann wie die Fische selbst. Um das richtige Geräusch, die richtige Musik zu erzeugen, muss der Angler mit dem

Qvoq aufs Wasser hauen. Für Menschenohren hört sich dieses Geräusch befremdlich an, als würde man mit einer lebenden Katze aufs Wasser schlagen.

Die Anfertigung des Instruments bedarf handwerklichen Geschicks. Nur ein Meister kann einen richtig guten Qvoq anfertigen, und kein Instrument gleicht dem anderen. In vielen Dörfern und Anglervereinen wurden früher Wettbewerbe dazu ausgetragen, wer den besseren Qvoq herstellen konnte. Es gab welche, die durch bloße Berührung mit der Wasseroberfläche einen eigenen Rhythmus und eine eigene Melodie entwickelten. Wer einen solchen Qvoq hatte, war der König unter den Welsanglern. Die begabtesten Qvoqbastler galten in der russischen Anglerwelt als besondere Kaste. Die Bekanntschaft mit einem Meister wurde hoch geschätzt, es wurden Legenden und Märchen über diese Menschen erzählt. Jeder von ihnen umgab sich mit Lehrlingen. Es gab unter ihnen welche, die nur gut im Basteln waren, und andere, die darüber hinaus auch noch hervorragend Qvoq spielen konnten, Paganinis und Stradivaris zugleich. Sammler besaßen Instrumente, die ein Vermögen wert waren und von Generation zu Generation weitervererbt wurden.

Die Popularität des Qvoq sowie die Bedeutung der Qvoqmeister bekamen einen Knick, als Anfang der Achtzigerjahre ein erster großer Wels – über 22 Kilo – nicht mit Qvoq, sondern mit »Hafanana« geangelt wurde. »Hafanana« ist ein Lied, das ein Sänger aus Mosambik 1981 im sowjetischen Fernsehen sang, in dem Programm

»Sterne der ausländischen Kultur«. Der Sänger hieß Afric Simone und war ein fast zwei Meter großer schwarzer Mann, der eine enge schwarze Hose trug und eine ausgeprägte Beinmuskulatur besaß. Er sang Unverständliches.

In seinem einzigen Interview in einer sowjetischen Zeitung erklärte Afric Simone, seit dem Einsturz des Turmes von Babylon redeten die Menschen verschiedene Sprachen und aneinander vorbei. Dieser Sprachwirrwarr brächte alle durcheinander. Er aber, Afric Simone, wolle dem nun ein Ende setzen und einen Song schreiben, der in jeder Sprache und in jedem Land verstanden werden konnte. Nicht die Sprache sei das Wichtigste für die Kommunikation, sondern das Gefühl der Zugehörigkeit, das sich hinter den Silben und Lauten verbarg. »Wir müssen zusammenhalten«, meinte Afric Simone. Statt aus Texten bestanden seine Lieder aus Geräuschen, die allen bekannt waren, aus Schreien, Flüstern, Rauschen und Zischen, Pfeifen und Singsang. Es ging sowieso in jedem Lied und in jedem Gedicht um das Gleiche, um einen einzigen endlosen Gesang, der stets aufs Neue, mit neuen Worten und neuen melodischen Wendungen von der Liebe, der Hoffnung und der Suche nach dem Glück erzählt.

Inzwischen weiß nicht einmal mehr der Teufel selbst, wie es dieser Afric Simone damals ins sowjetische Fernsehen geschafft hat. Für die Zensur war er ein Geschenk des Himmels. Sie musste sich bei diesem Mann keine Sorgen machen, ob er mit seinen Liedern eine Kritik unserer gesellschaftlichen Ordnung verband oder, noch schlimmer, kapitalistische Propaganda betreiben würde. Das Lied von Afric Simone – es gab nur eins, das heute im russischen Internet allerdings unter 85 verschiedenen Namen geführt wird – eroberte schnell die Herzen der Bevölkerung. Unser Publikum war mit Gastauftritten aus dem Westen sowieso nicht sonderlich verwöhnt. Der Mosambikaner trug sein Lied äußerst feurig vor. Dabei tanzte er in seiner sehr engen Hose wie ein gefangener afrikanischer Befreiungskämpfer auf glühenden Kohlen und zeigte dem Publikum dabei schneeweiße Zähne.

Afric Simone tourte durch die Länder des sozialistischen Lagers und erntete überall großen Applaus. Er sang in Jugoslawien, in Bulgarien, in Rumänien und in der DDR. In der Sowjetunion sorgte Afric Simone jedes Mal für Furore. Die sowjetischen Bürger nahmen sein Lied während seines Fernsehauftritts auf und überspielten es auf ihre Tonbandgeräte. Die Audiokassetten in den ersten sowjetischen Kassettenrecordern sangen ebenfalls mit seiner Stimme: »Trr cha cha, trr ha ha, trr cha cha, trr ha ha, amore kukarela hafanana na voina.«

Noch besser als beim sowjetischen Volk kam Afric Simone bei den Welsen an. Es war wahrscheinlich kein großer Angler gewesen, der diese Entdeckung machte. Große Angler nehmen nie einen Kassettenrecorder mit an den See oder Fluss. Fakt war aber, dass die Welse auf Afric Simones Gesang genauso gut wie auf den Qvoq reagierten, wenn nicht sogar besser. Sie warfen sich buchstäblich an den Haken, wenn sie sein Lied hörten. Manche Welse miauten den Refrain nach. Bis heute bleibt die Anglerszene in der Frage gespalten, wie man am besten einen fetten Wels angelt: mit einem Qvoq oder mit Afric Simone. Beide Varianten werden noch immer praktiziert. Manchmal hört man am Ufer der großen russischen Flüsse das Stöhnen und Miauen des Qvoqs und manchmal das Lied von Afric Simone, in dem von Liebe, Hoffnung und der Suche nach dem Glück erzählt wird. Ein Lied, das für alle und jeden geschrieben wurde, das aber nur die Welse und die Russen verstehen. Trr cha cha, trr haha, trr cha cha, trr haha.

Afric Simone wohnt heute mit seiner russischen Frau Ludmila in Berlin, tritt gelegentlich in russischen Nostalgie-Shows auf, wenn es dort um Popmusik aus den Achtzigerjahren geht, und mag, wie er selbst sagt, überhaupt keinen Fisch.

Fischmalerei

Babys weinen, weil sie ihr zukünftiges Leben fürchten. Sie wissen, was auf sie zukommt, und vergießen bittere Tränen um ihr Schicksal. Wenn sie aber erwachsen sind und sprechen lernen, vergessen sie alles und hören auf zu weinen. So oder so ähnlich erzählte es die Großmutter des Kapitäns.

»Selten kommen Kinder auf die Welt, die nicht weinen. Aus ihnen werden entweder Heilige oder Schurken«, meinte sie.

Als Kind weinte der Kapitän nicht. Er hatte gar keine Zeit zum Weinen. Geboren mitten in einem demografischen Loch, dem ersten großen demografischen Loch nach Kriegsende, weil die Kriegskinder keine Lust hatten, selbst Kinder in die Welt zu setzen, litt seine Generation unter der besonderen Aufmerksamkeit des Staates. Jeder Mensch wurde als dessen Eigentum angesehen und behandelt: Kindergartenpflicht, Schulpflicht, keine Vergünstigungen beim Wehrdienst. Der Staat merkte, dass ihm seine wichtigste Währung, die Arbeiter-Bürger, rar wurde und nahm deren Erziehung selbst in die Hand. Er legte jedem Kind seine Krallen auf die Schulter, schaute ihm tief in die Augen und flüsterte: »Was willst du denn werden, mein Junge?« Man durfte den Blick nicht vom Staatsauge abwenden, sonst bekäme man für immer Schluckauf.

»Ich will Seemann werden«, sagte der Kapitän und ging auf die Seefahrtsschule wie viele seiner Schulkameraden. In einer Kleinstadt am Meer aufgewachsen wollten dort die Jungen fast alle Matrosen und die Mädchen Matrosenbräute werden. Nach seiner Ausbildung zum nautischen Wachoffizier der Handelsflotte landete der Kapitän auf dem alten Frachter mit dem seltsamen Namen »Akademiker Present«, der viele nützliche Güter, vor allem aber Metallschrott, aus Russland nach Südeuropa transportierte. In der kommerziellen Flotte Russlands war es angebracht, aus steuerlichen Gründen nicht unter der Flagge des eigenen Landes zu fahren, sondern unter einer steuerlich günstigeren Flagge. Viele russische Schiffe wurden daher in Libyen registriert, in Honduras oder Kambodscha. Der Frachter »Akademiker Present« war im zypriotischen Hafen Paphos registriert.

Im ersten Jahr bekam der Kapitän noch das verabredete Gehalt, doch das Geschäft lief von Jahr zu Jahr schlechter. Durch die Finanzkrise sah sich die russische Reederei, der die »Akademiker Present« und drei weitere Frachter gehörten, gezwungen, ihre Flotte für billiges Geld an eine andere Firma zu verkaufen. Diese andere

Firma zahlte aber nicht, weil sie der Meinung war, dass sie nie vorgehabt hätte, die Schiffe zu kaufen, beziehungsweise sie hätte es sich anders überlegt. Die ganze Sache landete vor dem internationalen Seefahrtsgericht, das sich noch mit Schifffahrts-Angelegenheiten aus dem vorigen Jahrhundert beschäftigte und mit solchen und ähnlichen Fällen nun auf Jahre im Voraus überlastet war. Bis die Streitfrage geklärt war, hatte das Frachtschiff »Akademiker Present« in seinem neuen Heimathafen zu bleiben und auf seinen rechtmäßigen Eigentümer zu warten, hieß es. Wie sich die Mannschaft in der Zwischenzeit ernähren sollte, wurde in dem Bescheid nicht festgelegt.

Im Sommer mag Paphos eine schöne Stadt sein. Die Menschen sind beschäftigt, alle zwei, drei Jahre wird hier ein neues Hotel gebaut, Grillbuden werden am Meeresufer eröffnet, und es gibt einen besonderen Strand mit breiten flachen Steinen, wo eine weltberühmte Yogaschule jedes Jahr ein Sommerlager organisiert. Die Yogaschüler kommen aus der ganzen Welt, um sich den Sonnenaufgang auf Paphos anzuschauen. Sie sitzen auf den Steinen im Yogasitz und bewundern die Sonne, wie sie langsam aus der Tiefe des Meeres hervorsteigt. Gleichzeitig versammelt sich halb Paphos hinter den Steinen, und die Einheimischen bestaunen die Yogis, wie sie ihre Füße hinter den Kopf legen. Im Hafen kreisen die Möwen, die Sonne lacht, und die Fische laichen.

Im Winter aber ist Paphos ein trostloser Ort. Es regnet die ganze Zeit, die Baugruben stehen voller Wasser, das

Meer ist grau, die Yogis sind längst weg und die Grillbuden zu. Die Einheimischen sitzen in ihrer Kneipe, trinken Bier und spielen Poolbillard, um die Winterpause zu überbrücken. Die Bewohner von Paphos haben fast alle wegen der vielen Winterpausen eine hohe Professionalität im Billardspiel entwickelt. Sollten sie jemals zur Weltmeisterschaft anrücken, wäre ihnen die Goldmedaille sicher. Aber die Paphos-Bewohner sind bescheidene Menschen und wollen mit ihren Spielfähigkeiten nicht angeben.

Trotz des Spiels langweilten sich die Bewohner im Winter. Die bei ihnen gestrandete »Akademiker Present« war also durchaus ein Thema in der Stadt, als sie Ende Oktober im Hafen anlegte. Der Hafen von Paphos war zwar einer der ältesten Häfen Europas, aber seit Langem hatten dort keine Frachter mehr angelegt, nur ein paar kleine touristische Schiffe schaukelten am Kai. Die Einheimischen übersetzten den Namen des Schiffes »Akademiker Present« so, als würde es sich um einen geschenkten Akademiker handeln, dem zu Ehren ein entsprechend nutzloses Schiff benannt wurde. Sie witzelten darüber, dass die Russen ihren Frachtschiffen wirklich lustige Namen gaben.

Niemand in Paphos wusste, wer dieser »Akademiker Present« war. Nicht einmal die Mannschaft des Frachters wusste es. Dabei war der »Akademiker Present« in früheren Zeiten in der Sowjetunion ein berühmter Wissenschaftler. Er hatte viele Jahre lang die sowjetische Akademie der Landwirtschaftswissenschaften geleitet und zusammen mit dem anderen berühmten russischen Agrarwissenschaftler Lyssenko die sogenannte formale Genetik als rechte Pseudowissenschaft bekämpft. Die Pseudowissenschaft behauptete, jede Art von Entwicklung, die ein Lebewesen – ob Mensch, Tier oder Pflanze – durchmache, sei in ihrem genetischen Material bereits vorprogrammiert und also begrenzt. Dementsprechend habe es keinen Sinn, Idioten auf die Schule zu schicken, sie würden dort sowieso nichts lernen.

Akademiker Present und Akademiker Lyssenko waren der Meinung, dass alles im Leben erlernbar sei und dass das soziale Umfeld das genetische Material stark beeinflusse. Sie hatten zuvor bereits höhere Milcherträge durch das Vorlesen von Erinnerungsbüchern der Helden des Bürgerkrieges in Kuhställen erzielt. Es gelang ihnen, fast allein durch Agitation und Propaganda unter den Pflanzen kälteresistente Kartoffeln zu züchten und die Maisernteergebnisse deutlich zu verbessern. Ihre letzte Theorie, dass Kuckucke in Wirklichkeit ihre Eier nicht in fremde Nester legten, sondern durch spezielle akustische Signale bewirkten, dass aus den fremden Eiern Kuckuckskinder schlüpften, konnte leider in unseren Laboratorien nie nachgewiesen werden, weil die Kuckucke sich weigerten, sich in Gefangenschaft zu vermehren, das heißt, die richtigen Signale von sich zu geben. Diese sturen Kuckucke hatten die Karriere des Akademikers Present deutlich angekratzt. Trotzdem wurde ein Frachtschiff nach ihm benannt.

Gleich im ersten Monat verlor der Kapitän seine Mannschaft. Nacheinander gingen alle von Bord, denn die Hoffnung, dass es mit der »Akademiker Present« jemals wieder aufwärtsgehe, schrumpfte von Tag zu Tag. Ende November wurde die Hoffnung mikroskopisch klein. Infolge der Krise schien die geschäftstüchtige Welt da draußen einen Aussetzer zu haben. Sie vergaß die Existenz eines russischen Frachtschiffes völlig, so wie sie davor den tapferen Akademiker vergessen hatte, dessen Namen das Schiff trug. So wie sie unzählige andere Akademiker und nach ihnen benannte Schiffe jedes Mal vergisst, wenn eine politische oder ökonomische Krise beginnt. Philosophen und Soziologen halten die Fähigkeit des Vergessens für sehr wichtig, sie nennen sie eine »teilweise Löschung des Archivs«. Der Mensch würde wegen des ganzen Elends durchdrehen, wenn er nichts vergessen könnte. So wurde der »Akademiker Present« mit zehntausend Tonnen rostigen Metallschrotts an Bord in einem altgriechischen Hafen aus vorchristlichen Zeiten vergessen, und keine Sau weinte ihm eine Träne nach.

Der Kapitän suchte nach Verdienstmöglichkeiten. Alles, was abschraubbar war und an die Einheimischen verkauft werden konnte, hatte die Mannschaft bereits abgeschraubt und verkauft, bevor sie von Bord ging. In seiner Verzweiflung spielte der Kapitän sogar Billard und verlor. In seiner Heimat spielte er gut, in Paphos hatte er jedoch keine Chance. Er konnte nicht einmal gegen einen halbgelähmten Neunzigjährigen bestehen.

Anstatt zu saufen fing der Kapitän an zu malen. Er besaß ein Fass mit silberner Farbe, übrig geblieben aus einer früheren Ladung, und malte damit Fische backbord an die Außenhaut seines Schiffes. Im Knast stechen sich Diebe Jahr für Jahr neue Tattoos – Bilder und Sprüche, die eine Art Kommentar zu ihrem Leben sind. Viele tragen die Buchstaben VDS auf dem Handrücken, das heißt »Verurteilt durch den Staat«. So tätowierte auch der Kapitän die »Akademiker Present« mit silbernen Fischen. Jeden Tag bekam das Schiff einen weiteren Fisch. Es waren vor allem Meeresfische, die der Kapitän kannte, die er gelegentlich angelte: runde Drückerfische mit scharfen Zähnen, mal ein Schiffshalter, lang wie ein Pfeil, mal ein Seeteufel mit bösem Blick. Die Fische gingen dem Kapitän leicht von der Hand, er war der Fischmalerei verfallen.

Den Zyprioten gefiel das tätowierte Schiff. Jeden Tag versammelte sich eine Menge Leute am Kai, wo der Frachter lag, um den russischen Fischmaler zu begrüßen und den neuen Fisch zu bewundern. Im Dezember war der Kapitän bereits eine Sehenswürdigkeit in der Stadt. Er machte aus der »Akademiker Present« eine Ausstellung am Wasser und verkaufte Dutzende auf Pappe gemalte Fische an Einheimische und Touristen. Eine zypriotische Kunstzeitschrift veröffentlichte ein Interview mit ihm. Als Fisch malender Kapitän ist er inzwischen in die Kunstszene Mitteleuropas aufgenommen. Der Kapitän sah sich bereits am Steuer einer neuen Kunstrichtung mit einem durch die Meere und Ozeane kreuzenden Ausstellungsraum. Die Fischkunst ist überhaupt in Mode gekommen. Erst vor Kurzem hat ein Engländer einen ausgestopften Hai auf einer Kunstauktion präsentiert und für zwölf Millionen Dollar verkauft.

In der Kunstzeitschrift, die über den Kapitän berichtete, las dieser ein Interview mit einem berühmten Kunstkritiker, der angehenden Malern Ratschläge gab, was sie am besten malen sollten, falls sie schnell reich werden wollten. Der Kunstkritiker verlor jedoch kein Wort über Fische. Er schrieb, dass horizontale Bilder sich grundsätzlich besser als vertikale verkauften, Bilder mit Blumen mehr geschätzt wurden als welche mit Früchten, dass ruhiges Wasser teurer war als ein stürmisches Meer und ein Schiffbruch den Preis enorm drücke. Möwe sei besser als Ente, Wal besser als Hai, und egal was passiere, man bekäme nie einen guten Preis für ein Bild, wenn da Kühe drauf zu sehen seien. Niemals Kühe.

Die Unaufgeforderten

Michael war gespannt. Zum ersten Mal wollte ein Autor sein abgelehntes Manuskript persönlich abholen. Er hatte bei der Sekretärin in der Öffentlichkeitsabteilung angerufen und auf einem Treffen bestanden. Michael, der stellvertretende Leiter der Abteilung Öffentlichkeit des Berliner Thomas-Mann-Verlags, diktierte ihm die Adresse am Telefon und gab ihm seine Arbeitsnummer für alle Fälle, falls der Autor sich verlaufen würde. Er konnte sich seine Generosität selbst nicht erklären. Nun stand er am Fenster im Korridor und schaute nach draußen auf die nasse Voßstraße. Der Herbst eroberte langsam die Stadt, es nieselte, ein kalter Nordwind fegte die letzten Blätter von den Bäumen, die globale Erwärmung ließ auf sich warten.

Bis jetzt hatte Michael nie mit lebendigen Autoren, sondern nur mit ihren Manuskripten zu tun gehabt, mit unaufgefordert eingesandten Texten. Sie kamen jeden Tag mit der Post, in dicke Briefumschläge verpackt, an guten Tagen zwei bis drei, an schlechten trug der Postbote einen ganzen Stapel davon ins Büro. Michaels Arbeit bestand darin, in den Manuskripten zu blättern und die höflichen Absagen zu schreiben.

Der Verlag war an diesen Unaufgeforderten nicht interessiert. Die meisten Schreibenden stellen sich die Verlagstätigkeit etwas naiv vor, so als würde sie aus sinnlosem Warten auf tolle Manuskripte von unbekannten Menschen bestehen. In Wirklichkeit lebt jeder Verlag von Projekten, nicht von Autoren. Diese Projekte entstehen nicht in den Köpfen der Schriftsteller, sondern in den Verlagsbüros. Sie werden von speziellen Kreativteams mit dem Schwerpunkt Buchmarktorientierung erstellt. Das Wichtigste dabei ist, ein Thema zu finden, das gleichzeitig die Medien und breite Leserschichten interessiert und sich dementsprechend gut auf dem Markt behaupten kann. Nicht weniger wichtig ist der Erscheinungstermin, ein möglichst früher Einstieg in die Werbung und die richtige Vermarktungsstrategie. Schließlich wird in den Verlagsbüros über den möglichen Autor gesprochen, der gut zum gewählten Thema passt. Doch so wichtig ist die Figur des Autors eigentlich nie. Letzten Endes ist es egal, wie dieser mit Nachnamen heißt. Es handelt sich bei jedem Titel um ein kollektives Werk des Buchhändlers, des Verlegers, des Marktforschers und des Autors, bloß darf keiner sich die Decke zu stark überziehen.

Die unaufgeforderten Manuskripte sind im Verlagswesen fehl am Platz, sie wirken wie Briefe von Außerirdischen, aus einer anderen Welt gesandt, »Nachrichten aus dem Paralleluniversum«, wie Michael sie nannte. Auf der Internetseite des Verlages stand unmissverständlich, dass der Verlag keine Haftung für unaufgefordert zugesandte Manuskripte übernahm und auch nicht verpflichtet war, sie aufzubewahren, ganz zu schweigen davon, die Manuskripte an den Absender zurückzuschicken. Doch eine kleine motivierende Absage hielt der Verlagsleiter für selbstverständlich. Er räumte als Altlinker selbst den Unaufgeforderten gewisse Rechte ein. Wenn jemand sich die Mühe machte, einen ganzen Roman zu schreiben, dazu noch sein Werk in einen dicken Briefumschlag zu packen und in die Voßstraße zu expedieren, dann war es nicht zu viel verlangt, ihm eine nette kleine, gut begründete Absage zukommen zu lassen. »Jeder Mensch hat das Recht auf eine Absage«, witzelte der Verlagsleiter. So war Michael zu seinem Job gekommen.

Seit vierzig Jahren gab es den Verlag, seit beinahe zwanzig Jahren saß Michael, Spitzname Absager, in seinem Einmannbüro mit Blick auf die Voßstraße und blätterte fleißig die unaufgeforderten Manuskripte durch. Nie war etwas Gescheites darunter, etwas, was er für eine spannende, erfrischende, aktuelle Lektüre halten würde. Es kamen eine Menge Kriminalgeschichten – eindeutig ließen sich sehr viele Menschen vom »Tatort« im Fernsehen inspirieren. Die meisten Romane lasen sich aber wie Selbstanzeigen. Männer berichteten über ihr verpfuschtes Leben, Frauen schickten Trauriges über eine verloren gegangene Liebe oder über ältere Paare, die einander nichts mehr zu sagen haben. Innere Monologe auf Hunderten von Seiten. Reiseberichte mit grausam umständlich beschriebenen Landschaften.

Fast alle hatten sie ihren Werken eine Biografie, eine kurze Info über sich selbst beigelegt, in derselben Sprache verfasst wie die Romane selbst. Manchmal schien dem Absager, als wäre die Biografie ebenfalls ausgedacht und als wären überhaupt all diese nicht veröffentlichten Manuskripte in Wirklichkeit von ein und derselben Person geschrieben worden, einer unglaublich schreibwütigen Person. Er stellte sich dabei eine Frau vor, Mitte fünfzig, kurze Haare, Zigarette, Brille. Sie hatte keine Familie, keinen Job, niemanden, um den sie sich kümmern musste, nur einen Schreibtisch und einen großen Stapel Papier. Da saß sie die ganze Zeit und schrieb. Zwei, drei Romane pro Tag im Sommer, manchmal auch im Winter. Im Notfall konnte sie auch zehn am Tag fertig kriegen, die sie unverzüglich in die Voßstraße schickte.

In den ersten Jahren mochte der Absager seinen Job nicht. Er konnte diese naiv gestrickten Unaufgeforderten nicht leiden und versuchte, so trocken und kurz wie möglich zu antworten.

»Danke, nein, brauchen wir nicht«, schrieb er zurück. »Unreif, unprofessionell, inaktuell. Schwacher Plot, wenig Dialoge.«

Manche Autoren meldeten sich nie wieder, andere schrieben ihm empört, ob er ihr Werk überhaupt bis zum Ende gelesen habe? Ob er seine Qualifikation nicht überschätze? Ob er wirklich in der Lage sei, wahre Literatur von dem Giftmüll zu unterscheiden, den sein Verlag Jahr für Jahr auf den Markt warf? Und könne er überhaupt hilfreiche Ratschläge für angehende Autoren geben?

Mit der Zeit hatte sich jedoch zwischen dem Absager und den Unaufgeforderten eine Art Brieffreundschaft, ja eine Briefverwandtschaft entwickelt. Er nahm sich mehr Zeit und gab sich mehr Mühe beim Schreiben der Absagen, er versuchte, ehrlich zu sein und sich nie in seinen Absagegründen zu wiederholen. Er entwickelte einen eigenen Stil, eine neue literarische Form der höflichen Absage. Ihm war klar, dass bei vielen das Schreiben in eine Sucht umgeschlagen war. Das reale Leben war zu kompliziert, unnötig dramatisch, es tat an vielen Stellen weh. Aus der Unfähigkeit heraus, mit dem realen Leben umzugehen, flüchteten die Unaufgeforderten in ein anderes, geschriebenes Leben, in dem sie stets Herr der Lage waren, der einzige Schöpfer und Vernichter, der dieses Leben nach seiner Manier jederzeit umkrempeln konnte.

Nur ein Haken war dabei: Die geschriebene Welt brauchte eine Legitimation seitens eines Verlages. Sonst blieb sie unerkannt und quasi nicht existent wie ein Kind ohne Namen, das zwar da war, aber nicht gefördert werden konnte. Deswegen schickten die Schreiber ihre schönen Welten immer wieder in die Voßstraße und scheuten nicht die Kosten für die Kopien, die Postmarken und Briefumschläge. Der Absager gab sich ebenfalls Mühe, diese ihre geschriebenen Welten zu zerschlagen und den

Menschen zu helfen. Er sah seine Aufgabe darin, sie vom Zwang des Schreibens zu befreien und zurück in die Realität zu schicken.

»Aus Ihrer Biografie kann ich schlussfolgern, dass Sie nicht erst gestern auf die Welt gekommen sind. Sie verfügen über eine große Reife, besitzen wertvolle Lebenserfahrungen«, schrieb er. »Nun wollen Sie plötzlich das Ganze über Bord werfen und sich auf dem Papier austoben. An Ihrer Stelle würde ich es nicht riskieren, in Ihrem Alter alles noch einmal von vorne zu beginnen. Glauben Sie mir, das, was Sie über Sex schreiben, lohnt sich nur im wahren Leben, nicht auf dem Papier.«

»Ich möchte Ihnen den guten Rat geben, keine großen Hoffnungen mit der Literatur zu verbinden. Die Literatur ist eine windige Dame, sie wird sich mit ein paar Stunden am Wochenende, die Sie ihr widmen, nicht zufriedengeben. Sie wird Sie ganz für sich haben wollen, Ihre ganze Kraft und Lebenslust aufsaugen, um Sie dann in die dunkle Sackgasse der Vergessenen zu schubsen.«

»Wenn ich Sie richtig verstanden habe, verfügen Sie über einen richtigen Beruf. Sie arbeiten in der Versicherungsbranche. Toll! Bleiben Sie dort! Ich kann Ihnen nur versichern, dass es tausend Mal besser ist, ein guter Versicherungsvertreter als ein schlechter Schriftsteller zu sein.«

»Verzeihen Sie mir meine Geradlinigkeit, doch ich halte es für meine Pflicht, gerade denjenigen, die ganz am Anfang ihrer Bekanntschaft mit der Welt der Literatur stehen, die Wahrheit und nichts als die Wahrheit zu sagen. In Ihrem Werk klagen Sie über die Ungerechtigkeit, den Egoismus und die Geschmacklosigkeit unserer Zeit. Sie sollen wissen, nirgends, in keiner anderen Branche, finden Sie mehr Ungerechtigkeit, Egoismus und Geschmacklosigkeit als im Bereich der Literatur.«

Der Absager war nicht ohne Grund stolz auf seine Absagen. Er spielte mit der Idee, sie später einmal vielleicht herauszugeben unter dem Titel »Fangen Sie erst gar nicht damit an. Die besten Literaturabsagen in vier Bänden«. Für die besonders hartnäckigen Autoren zog er andere Register:

»Nach der Lektüre Ihres Manuskriptes denke ich, Sie sind ein äußerst ermüdeter, psychisch zermalmter Mensch, der sich zum Schreiben zwingt, ohne wirklich Lust dazu zu haben. Ich bin kein Arzt, es liegt nicht in meiner Kompetenz, medizinische Diagnosen zu stellen, aber ich glaube, es tut Ihnen nicht gut. Umgekehrt, Sie schaden durch das Schreiben Ihrer Gesundheit und zerstören Ihre Nerven nur noch mehr. Hören Sie auf damit, und werden Sie schnell wieder gesund!«

»Sie sind ein Witzbold!«, schrieb er einem anderen Verrückten. »Ihre lustige Art, eigene Texte mit denen von Günter Grass zu vermischen, um uns anscheinend zu zeigen, dass nur der Name zählt, fand ich irrwitzig, aber gründlich misslungen. Zwischen den Zeilen von Grass sehen Ihre Absätze recht unvorteilhaft aus.«

Sein Telefon klingelte. Der Autor rief an und klagte, er könne die richtige Tür nicht finden.

»Wo sind Sie?«, fragte ihn der Absager nervös.

»Ich stehe direkt vor dem Eingang des U-Bahnhofs Voßstraße«, antwortete er.

»Dann würde ich Sie sehen, aber ich sehe Sie nicht«, parierte Michael.

»Ich sehe Sie auch nicht«, bestätigte der Autor.

»Sind Sie aus dem ersten oder aus dem letzten Waggon ausgestiegen? Sehen Sie das Denkmal, die Kauflandfiliale, das chinesische Restaurant?«, fragte der Absager, und für eine halbe Sekunde glaubte er tatsächlich, der Autor wäre doch in einem Paralleluniversum ausgestiegen, sie würden ewig um die Voßstraße herumkreuzen und einander nie zu Gesicht bekommen.

Vielleicht war das doch keine so gute Idee gewesen, ausgerechnet diesen Autor zu treffen. Sein Roman war nicht wirklich interessant. Es ging darin um einen Spinner und Heiratsschwindler, dem es gelungen war, zwei Leben auf beiden Seiten der Mauer zu führen. Er hatte durch Lug und Trug die Pässe von zwei Deutschlands ergattert und auf jeder Seite der Mauer einen Job und eine Familie. Zu Hause in seiner Westfamilie erzählte er immer, wichtige Arbeitsaufgaben im Osten zu haben, im Osten erzählte er dasselbe nur umgekehrt. Weil Männer ihren Lebenswandel oft und gerne als Projekt betrachten, hatte dieser Mann mit zwei parallel laufenden Existenzen bestimmt das Gefühl, länger als die anderen zu leben und mehr davon zu haben, als wenn er nur auf der einen Seite geblieben wäre.

Die Geschichte erinnerte Michael an seinen eigenen Vater, der sich viele Jahre lang Monat für Monat eine Umweltkarte gekauft hatte, um zur Arbeit zu fahren, obwohl er nur fünf Mal die Woche fahren musste und so ziemlich das gleiche Geld ausgegeben hätte, wenn er jede Fahrt extra bezahlt hätte. Diese Erkenntnis bedrückte den Vater so stark, dass er sich am Ende jedes Monats einfach nur so in den Zug setzte und hin und her durch die Stadt fuhr, überall dorthin, wo er nicht hinmusste, allein um seine Umweltkarte auszunutzen. In der Familie hieß es, der Papa fahre die Umweltkarte spazieren. Danach fühlte er sich reicher.

Der Absager hätte selbst vielleicht einen Roman darüber geschrieben, wenn er nicht über die Vergeblichkeit jedes Aufschreibens bestens informiert gewesen wäre. Er hatte eine höfliche Absage an den Mann geschrieben, der seine Geschichte nun unbedingt persönlich abholen wollte. Michael hätte das Treffen gerne abgesagt, nun war es aber zu spät dafür. Der Autor irrte irgendwo unten durch den Nieselregen und konnte die richtige Tür nicht finden.

»Er wird mich schon nicht erschießen«, dachte Michael und schaute aus dem Fenster. Niemand war zu sehen, doch für alle Fälle streckte er seinen Kopf nach draußen und rief laut: »Sehen Sie mich?«

Heideggers Gänseblümchen

Der Philosoph und der Fischverkäufer waren Freunde von Kindheit an. Sie sind zusammen in einer russischen Kleinstadt aufgewachsen, zusammen zur Schule gegangen und haben zusammen abends auf einem Turm gespielt, der im Volksmund »Marinas Turm« hieß. Laut einer Legende war eine polnische Schönheit namens Marina Mnischek im 17. Jahrhundert von diesem Turm gesprungen. Sie war mit einem Angeber liiert gewesen, der sich selbst zum neuen russischen Zaren ernannt hatte und ein Jahr später schon vom nächsten selbsternannten Zaren gestürzt worden war.

Nach ihrer Schulzeit trennten sich die Wege der beiden Freunde. Der eine ging nach Deutschland und wurde Fischverkäufer in Berlin, der andere zog nach Moskau und wurde Philosophieprofessor. Ihre Freundschaft blieb jedoch bestehen. Als der Philosoph seinen fünfzigsten Geburtstag feierte und seinen Freund dazu einlud, musste dieser absagen, weil er gerade eine wichtige Fischlieferung erwartete. Er versprach jedoch, seinen Freund als eine Art Wiedergutmachung nach Deutschland einzuladen und sich eine Woche lang um ihn zu kümmern.

Als der Philosoph kam, lud der Fischverkäufer ihn erst einmal zum Essen ein und mich dazu, damit sein Freund jemanden hatte, mit dem er philosophieren konnte. Der Fischverkäufer war für lange Philosophiegespräche nicht zu haben. So lernte ich den Philosophen kennen. Er schenkte mir sein Buch, eine schwer nachvollziehbare Lektüre, in der viele Wörter mit Strichen getrennt waren, als würden sie dadurch eine neue Bedeutung bekommen. Im Laufe des Gesprächs verstand ich, was diese Wortspiele bedeuteten. Der Philosoph war ein Anhänger von Martin Heidegger, der auch gerne Wörter mit Bindestrichen auseinander- und zusammennahm. Die Einladung nach Deutschland war dem Professor sehr gelegen gekommen, denn sein sehnlichster Wunsch war es, einmal das Grab seines großen Vordenkers zu besuchen. Der Fischverkäufer war jedoch von dieser Reise nicht begeistert – Heideggers Grab befand sich am anderen Ende des Landes in Meßkirch. Das bedeutete 700 km hin und das Gleiche noch mal zurück.

»Warum haben sie ihm nicht in Berlin eine Gedenkstätte errichtet«, klagte der Fischverkäufer.

Doch Heidegger hatte angeblich dort begraben werden wollen, wo er sein ganzes Leben verbracht hatte. Viele alte Männer legen großen Wert darauf, am gleichen Ort begraben zu werden, wo sie auf die Welt gekommen sind. Ich kannte das von meinem Onkel, der lange Zeit alle in der Familie mit seinem Wunsch terrorisiert hatte, auf dem Hof seines kleinen Häuschens zwischen einem Wald und einer Eisenbahnlinie begraben zu werden. Auf einem Friedhof, behauptete er, würde man keine Ruhe finden – zu viele Menschen, zu viele Leichen, zu viel Lärm. Er hatte seine zukünftigen Hinterbliebenen per Testament verpflichtet, ihn dort zu begraben, wo er geboren worden war. Laut der damaligen Gesetzgebung durfte man seine Familienangehörigen in drei Meter fünfzig Abstand vom Grundstückszaun begraben.

»Es könnte allerdings problematisch werden, wenn das Haus später verkauft wird«, erklärte der Notar.

Das wusste die Tante, die zukünftige Witwe, auch ohne Notar. Sie wollte das Haus unbedingt verkaufen und widersetzte sich deswegen der verrückten Idee des Onkels mit aller Kraft. Er war aber in dieser Frage zu keinerlei Kompromiss bereit. Die Tante spielte daher ein Doppelspiel. Sie versprach einerseits dem Onkel seine Grabstätte vor dem Zaun, damit er endlich Ruhe gab, hatte jedoch nicht vor, ihr Wort zu halten. Sofort nach seinem Tod verkaufte sie das Haus an eine Familie aus St. Petersburg. Diese Familie besuchte die Tante später mehrmals und behauptete, dass es in dem Haus spuken würde. Sie trauten sich nachts nicht mehr nach draußen, denn regelmäßig stöhnte und schimpfte jemand laut im Garten, und überall gab es am nächsten Tag Löcher in der Erde, als hätte dort jemand gegraben. Ich war mir sicher, dass der verstorbene Onkel nach seinem versprochenen Grab suchte, die Tante meinte jedoch, es seien bloß Maulwürfe. Bei Heidegger hat es aber wohl geklappt.

Ich habe diesen Philosophen kaum gelesen und wusste wenig von seiner Philosophie – nur, dass er anscheinend ein strammer Nazi gewesen war. Die ganzen zwölf Jahre während der nationalsozialistischen Diktatur war er auf Parteilinie geblieben und nach dem Krieg von den Amerikanern gegen seinen Willen entnazifiziert worden, aber wohl nicht ganz. Sein Buch über Sein und Zeit sprach für eine Eindeutigkeit der Welt, als gäbe es nur ein Dasein mit nur einem Führer. Die Harmonie muss das Chaos beherrschen, was nicht passt, wird passend gemacht und gut ist.

Der russische Professor erzählte, er hätte seine Liebe zur Philosophie nicht gleich von Geburt an gehabt, sondern durch ein prägendes Erlebnis in seiner Kindheit bekommen. Als Kinder hatten sie auf Marinas Turm gespielt, wo es einmal zu einer Schlägerei gekommen war. Jemand hatte ihn geschubst, und er war runtergefallen. Aber anders als die polnische Marina war er wie durch ein Wunder mit einer leichten Gehirnerschütterung davongekommen. Nach diesem Flug wurde er religiöschristlich und fing an, Martin Heidegger in russischer Übersetzung zu lesen.

Die Wege der Weisheit sind verzwickt. In der russischen Übersetzung erschien ihm Heidegger in erster Linie als großer Freund der Natur und eines naturverbundenen Lebens. Der deutsche Philosoph begriff sich als Teil der Landschaft Baden-Württembergs. Er saß auf einer grünen Wiese in Meßkirch, einer uralten deutschen Stadt, die schon christianisiert wurde, als Jesus noch gar nicht geboren war. Dort auf der Wiese wurde Heidegger steinalt. In seinen letzten Lebensjahren verherrlichte er die Wiese immer mehr, schrieb dort seine philosophischen Traktate und nahm seinen Studentinnen und Studenten die Prüfungen in Philosophie ab. Auch seine Vorlesungen hielt er an Ort und Stelle. Und auf der Wiese wurde er dann gemäß seinem Wunsch auch begraben.

Der Fischverkäufer war wie erwähnt nicht sonderlich darauf erpicht, 700 Kilometer bis zu Heideggers Grab zu fahren. Er erwartete erneut eine wichtige Fischlieferung und befürchtete, sie zu verpassen. Aber versprochen war versprochen. Sie fuhren nach Meßkirch, kamen am nächsten Tag wieder zurück und gingen in die Sauna. Glücklich und begeistert erzählte der Professor von der inspirierenden Reise zu Heideggers Grab. Der Philosoph sei auf einer Wiese voller Gänseblümchen begraben, die seine Lieblingsblumen gewesen waren. Mehrmals hatte er in seinen Schriften erwähnt, dass die Gänseblümchen Garant seiner Unsterblichkeit seien. Er und seine Lehre würden in diesen Blumen weiterleben.

Der Russe hatte sich am Grab von Heidegger fotografieren lassen, der nun in Form von Gänseblümchen sein Leben in ewiger Harmonie mit der Natur fortsetzte. Der Fischverkäufer zeigte mir die Fotos von dieser perfekten Welt. Der Himmel war blau, die Wiese grün, hier und da wuchsen Gänseblümchen. Man konnte allerdings auch andere Blumen auf den Bildern erkennen, die sehr zum Ärger seines Philosophenfreundes inzwischen auf der Wiese gewachsen waren: Löwenzahn, ziemlich viele Brennnesseln, blaue Glockenblumen und runde gelbe Blümchen, deren Namen mir unbekannt waren. In der Mitte der Wiese standen zwei komische Strauchgewächse, die wie Gladiolen aussahen. Ich nannte sie für mich Adorno und Horkheimer. Und mitten im lustigen Unkraut lag der dicke russische Philosoph, der einst von Marinas Turm gefallen war.

Die vielfältige Vegetation auf der Wiese hätte Heidegger vermutlich nicht gefallen. Er hatte nur in Gänseblümchen aufgehen wollen und nicht in Brennnesseln und Löwenzahn. Doch die Winde wehen in dieser Welt nach allen Seiten, die Vögel wechseln stets ihre Brutorte, Bäume und Pflanzen ziehen um und aus, und alles vermischt sich untereinander. Nicht einmal in Meßkirch gibt es Ruhe und Ordnung. Auch dort muss Heidegger sein Grab mit der ganzen ihm nicht gewogenen Frankfurter Schule teilen, dachte ich, sagte aber dem russischen Philosophen nichts. Erstens darf man Menschen im Glück nicht dazwischenfunken. Und zweitens ist jeder von uns einmal von irgendeinem Turm gefallen, und jeder wird in der gleichen Erde begraben, unserer Mutter Erde.

Marina Mnischek ist nebenbei bemerkt in Wirklichkeit nie auf dem Turm gewesen, sie ist nicht einmal in die Nähe des Städtchens gekommen. Sie starb in einem Moskauer Gefängnis. Ihr Grab ist unbekannt.

Warum die Maler malen

Eine in Künstlerkreisen berühmte Anekdote erzählt, wie Kasimir Malewitsch von einem Kunstagenten das Angebot bekam, sein berühmtes »Schwarzes Quadrat« nachzumalen, das heißt, eine Kopie davon anzufertigen und sie für viel Geld ins Ausland zu verkaufen.

»Das sind höchstens zwei Stunden Arbeit für Sie«, meinte der Agent.

Malewitsch war empört: »Wie können Sie es wagen, mir ein solch unmoralisches Angebot zu machen!«, schrie er. »Dieses Bild ist das künstlerische Ergebnis meines ganzen Lebens, die Quintessenz meiner Erfahrung! So etwas kann man nicht kopieren!«

Der Agent schämte sich in Grund und Boden und wurde danach für immer aus Künstlerkreisen verbannt. »Das Schwarze Quadrat« und unzählige andere Objekte der gegenstandslosen Malerei – Quadrate, Ovale, Dreiecke, Punkte, Linien sowie die später dazugekommenen Installationen aus Kunsthaaren, Blechdosen, zerknickten Puppen und ausgestopften Giraffen – füllten die Museumssäle. Sie sind inzwischen eine Selbstverständlichkeit im Kulturbetrieb, werden für Millionen Dollar versichert und als eine ebenso logische wie kreative Weiterentwicklung der Kunst in den einschlägigen Kunstzeitschriften gefeiert.

Von allen Merkwürdigkeiten unserer Welt ist die moderne Kunst Kindern am schwierigsten zu erklären. Warum werden plötzlich ein Stück Seife und ein Strick öffentlich ausgestellt und von Kunstkritikern beinahe angebetet? Woran lässt sich die Leistung des Künstlers messen? Heute sind Maler geheimnisvolle Wesen, eine unabhängig agierende Elite, die intellektuelle Avantgarde des Landes. Ihre Vorgänger, zum Beispiel die großen Künstler der frühen italienischen Renaissance, waren schlecht bezahlte Handwerker, die hauptsächlich Ehefrauen, Mütter, Kinder oder Mätressen ihrer Kunden malen mussten. Sie wären nie auf die Idee gekommen, Farbe und Leinwand für schwarze Quadrate zu verschwenden. Zur Selbstverwirklichung gingen sie lieber in eine Kneipe, wenn sie gerade Geld hatten.

Der Preis für ihre Malerei wurde damals nicht spekulativ berechnet, es gab noch den sogenannten »gerechten Preis«, den die Renaissance aus dem Mittelalter geerbt hatte. Der gerechte Preis wurde durch einfaches Summieren des Werts von verwendetem Material und der für die Arbeit verbrauchten Zeit berechnet. Deswegen hatten die Maler ständig Geldsorgen und lebten ein Nomadendasein. Wenn an einem Ort alle Ehefrauen, Muttis und

Geliebten abgemalt waren, zogen sie weiter, um neue Kunden zu finden und der Konkurrenz zu entkommen. Selten gelang es einem Künstler, einen Großauftrag zu ergattern, zum Beispiel die komplette Bemalung eines ganzen Klosters. Ein solcher Auftrag konnte viele Pinsel auf einen Schlag vergolden, doch die Klöster hat man nicht jeden Tag neu bemalt.

Im Florenz des 14. Jahrhunderts hatten die Maler nicht einmal eine eigene Handelskammer. Es gab dort 21 Handelskammern, sieben wichtige und vierzehn unwichtige. Am wichtigsten waren die Warmsockenverkäufer, die Auslese des damaligen Handels. An zweiter Stelle standen die Wechselstubenbesitzer, die Urväter des heutigen Bankgewerbes. Ihnen folgten die Richter, die Fleischer, die Winzer, die Waffenschmiede. Die Maler wurden der Kammer der Ärzte und der Apotheker zugeteilt und hatten Schwierigkeiten, innerhalb dieser Kammer ihre Interessen durchzusetzen. Die Hauptgeige spielten dort die Ärzte. Sehr einflussreich waren außerdem die Barbiere und Apotheker. Auch Wachskerzenhersteller genossen große Autorität. Parfümmacher, Goldschmiede, Ledermacher und Töpfer gehörten ebenfalls dazu.

Nichts haben die Maler unversucht gelassen, um sich von ihrem Handwerkerstatus zu lösen und ihrem Tun eine neue, politischere Dimension zu geben. Sie begannen mit Quatsch. Mal malten sie einen Hirsch, dem Hörner aus dem Hintern wuchsen, mal machten sie die Frauen dick und hässlich – gegen den Willen ihrer Kunden. Grüne Blätter malten sie blau und blaue Himmel rot. Wenn sie jemand fragte, warum sie das taten, schwiegen die Maler geheimnisvoll oder sagten, sie würden es »so sehen«. Das hat funktioniert. Die Menschen grübelten vor den Gemälden und blieben länger als zuvor vor ihnen stehen. Langsam arbeiteten sich die Maler nach vorne. Sie ließen die Friseure, die Fleischer und die Winzer hinter sich, der richtige Durchbruch gelang ihnen aber erst mit der gesellschaftlichen Anerkennung des »Schwarzen Quadrats«, und dafür gilt dem Schöpfer dieses Quadrats, Kasimir Malewitsch, von allen Künstlern der Welt ihr ewiger schwarzer Dank.

Auch mein Leben wurde von Malewitschs Bild beeinflusst, genau genommen von zwei Bildern, die unterschiedlicher nicht sein könnten: »Das Schwarze Quadrat« von Kasimir Malewitsch und »Die Jäger im Schnee« von Pieter Bruegel dem Älteren. Diese Bilder sind, nebenbei bemerkt, von der Kunstkritik völlig falsch interpretiert worden. »Das Schwarze Quadrat« wird als Sackgasse der Aufklärung begriffen, es soll angeblich das Unbegreifliche ausdrücken, die Welt, die sich unserem Verständnis entzieht. In Wirklichkeit ist »Das Schwarze Quadrat« die kinderfreundlichste Einladung in die Welt der Schönheit seit Bestehen der Malerei. Es ist beinahe das einzige Bild, das jeder Stöpsel ziemlich genau nachmalen kann. Ich habe als Kind und Jungpionier in der Schule nur Quadrate gemalt. Schwarz war neben Grün meine Lieblingsfarbe, ich wurde in der Klasse als »Malewitsch« gehänselt.

»Die Jäger im Schnee« von Pieter Bruegel dem Älteren hing als Reproduktion bei uns in Moskau an der Küchenwand neben dem Abreißkalender und dem Radioempfänger. Über dieses Bild las ich, der Künstler habe darin seine Angst vor Hunger und Not zum Ausdruck gebracht. Denn die Jäger würden angeblich mit leeren Händen und halb erfroren nach Hause kommen. Was für ein Quatsch! Jeder sieht, die Jäger haben mit der Jagd noch nicht mal angefangen. Sie gehen nicht nach Hause, sie ziehen erst los, von der linken unteren in die rechte obere Ecke des Bildes, wo ein Stück Wald und eine mit Schnee bedeckte Bergkuppe zu sehen sind. Sie haben einen langen Weg vor sich, und deswegen wirken sie so angespannt, ihre Jagdbeutel leicht und ihre Hunde straff. Dort, in der oberen rechten Ecke des Bildes hinter dem Schneeberg, sitzt aber der fetteste Bär des 16. Jahrhunderts und wartet darauf, von den mutigen Jägern erlegt zu werden.

Ich habe dieses Bild als Kind jahrelang vor Augen gehabt, es mir jeden Tag beim Frühstück und beim Abendbrot angesehen, so lange bis ich mich als Teil des Bildes fühlte oder umgekehrt das Bild ein Teil meiner Biografie wurde. Besonders interessierte mich die Figur des unsichtbaren Bruegel'schen Bären hinter dem Berg. In meiner Phantasie konnte ich sogar ein Stück von ihm auf dem Bild erkennen, zum Beispiel ein Ohr, das neben dem Berg herausragte. Die Reproduktion war von schlechter Qualität, ich dachte, auf dem Original würde ich mehr von dem Bären sehen und nahm mir vor, im erwachsenen

Leben unbedingt einmal das Original zu besuchen. Damals war das unmöglich. Das Original hing im Westen, außerhalb meiner Reichweite.

Ich konnte den versteckten Bären nicht sehen, dafür versuchte ich, ihn zu malen, so wie ich ihn mir vorstellte. Leider fehlte mir das handwerkliche Geschick. Egal, wie ich mich anstrengte, der Bär sah nicht schön aus. Mal hatte er viel zu große Füße und einen viel zu kleinen Kopf, mal war es umgekehrt. Malte ich den Kopf größer, wurden automatisch die Füße kleiner. Ich konnte einfach keine Harmonie bei ihm herstellen. Durch meine Verbesserungsversuche wurde das Tier nur immer größer. Irgendwann gab ich auf, nahm meine Lieblingsfarbe und machte aus dem Bären ein schwarzes Quadrat. Die Übermalung des Bruegel'schen Bären beleidigte das Bild »Jäger im Schnee« aufs Heftigste.

Egal wie sehr ich mich anstrenge, ich bekomme das Bild nicht im Original zu sehen. Seit Jahren fahre ich ihm hinterher. Das Bild ist in Wien zu Hause. Ich bin oft in Wien. Doch bin ich in Wien, ist es gerade nach München abgefahren. Bin ich in München, ist das Bild in Seoul. Ich nach Seoul, es nach Berlin. Und überall, wo ich auftauche, fängt sofort eine Malewitsch-Ausstellung mit schwarzen Quadraten an.

Der Zauberer und der Wissenschaftler

Schon als Kind war Katzmann immer auf der Seite der Bösen, obwohl er wusste, dass sie in keinem Märchen eine Chance hatten. Diese ganzen minderwertigen Zauberer und Hexen, Drachen und Kannibalen, die oft über außergewöhnliche Fähigkeiten verfügten, mussten am Ende alle sterben, das wusste jeder. Die Guten konnten völlige Luschen sein, sie hatten trotzdem den Autor immer auf ihrer Seite. Das machte sie unbesiegbar, aber auch unerträglich dumm. Jedes Märchen war also ein abgekartetes Spiel. Die Bösen wurden als ewige Verlierer von den Autoren ausgetrickst, sie taten Katzmann leid. Jedes Mal, wenn er ein Märchenbuch in die Hand bekam, fragte er die Erwachsenen, ob es darin auch Böse gäbe. Gab es sie nicht, verlor er jegliches Interesse an dem Buch.

Seine Mutter spielte Geige in einem Orchester, sein Vater war Arzt in einem Krankenhaus, und Katzmann wollte ein böser Zauberer in einem von ihm selbst entworfenen Märchen werden. Er sollte jedoch Komponist werden. Zum Glück erwies er sich als absolut unmusikalisch. Von der Geige bekam er Kopfschmerzen, deswegen studierte er nach der Schule Medizin. Die Medizinstudenten seines Kurses teilten sich in zwei Gruppen: erstens diejenigen, die es ernst mit dem Studium meinten, und zweitens diejenigen, die sich noch nicht entschieden hatten. Letztere saßen nächtelang im Studentenwohnheim und spielten Karten. Dem angehenden Zauberer erschien das Pokerspiel zu langweilig. Er verzauberte die Spielkarten, damit sie ihm immer eine richtige Kombination brachten. Obwohl seine Markierung so fein war, dass niemand sie entdecken konnte, bekam er Prügel von seinen Mitspielern.

Er zauberte trotzdem weiter – und verkaufte an einen Leichtgläubigen magische Billardkugeln, die man angeblich niemals einlochen konnte. Im zweiten Semester verkaufte er im medizinischen Institut sogenanntes »afghanisches Gras«, eine Wunderdroge, die viele Studenten in Rausch versetzte, obwohl sie in Wirklichkeit bloß aus getrocknetem Hühnerkot bestand. Die Welt des Betrugs faszinierte ihn immer mehr. Alles in dieser Welt musste logisch sein und hundertprozentig stimmen, sie war glaubwürdiger als die reale Welt mit nur einem Unterschied – diese Welt war ein Betrug.

Im vierten Semester spielte Katzmann Poker bei einem Freund, der in der Notaufnahme eines Krankenhauses Nachtdienst schieben musste. Alle betranken sich ein wenig. Gegen zwei Uhr nachts wurde eine Frau mit starken Bauchschmerzen eingeliefert. Der betrunkene Doktor konnte nicht mehr. Katzmann zog seinen weißen Kittel an und operierte der Frau den Blinddarm mit lokaler Betäubung. Ob seine Diagnose tatsächlich stimmte, hat er nie erfahren. Die Operation verlief erfolgreich, die Frau fühlte sich bereits am nächsten Tag besser, konnte sich aber nicht verkneifen, den diensthabenden Ärzten von der Operation zu berichten. Es gab einen großen Skandal, und Katzmann flog aus dem Institut.

Die meisten Medizinstudenten aus seiner Pokerrunde wurden danach Theaterregisseure. Nur Katzmann blieb seiner Zauberei treu. Das Land wurde gerade demokratisiert, und die Bevölkerung zeigte großes Interesse an allem Neuen, das aus dem Westen kam. Von dort kam aber nicht viel. Zumindest nichts, was man nicht auch schon früher gesehen hatte. Wunderheiler kamen, die mit bloßen Händen operierten, Astrologen und Hellseher bekamen ihre eigenen Formate im Fernsehen, Magnetiseure erklärten, in welcher Ecke der Wohnung das Bett stehen musste, damit die »Energien« sich richtig im Zimmer verteilten.

Die »Energien« wurden überhaupt zum Dauertrend. Alles, was sich energetisch anhörte, war groß im Kommen. Katzmann erfand die biokosmische Energetik und bastelte ein Gerät, mit dem jeder seine ganz persönlichen biokosmischen Werte messen konnte. Seine Idee war, dass jeder Mensch am biokosmischen Energieaustausch beteiligt war, wichtig sei nur, die richtige Balance zu finden. Mit seinem Gerät stand Katzmann in der Fußgängerzone und gab biokosmische Empfehlungen. Die Menschen waren damals wie versessen auf Messgeräte, alle wollten alles messen. Die normalen Werte für biokosmische Strahlung legte Katzmann auf 120 Joules pro Quadratzentimeter fest. Bei den meisten erreichten sie gerade mal 85. Das deutete auf einen geschwächten Organismus hin. In diesem Fall empfahl er – sehr preiswert – einen Kopfring aus Alufolie, der mit biokosmischen Energien geladen war und die Werte wesentlich erhöhen konnte. Die Folie musste man allerdings regelmäßig bei ihm gegen einen Aufpreis nachladen, denn nichts hielt ewig.

Sein Geschäft florierte. Schon bald liefen viele sogenannte Psychos durch die Straßen, die sehr glücklich und gesund aussahen, abgesehen davon, dass sie einen Ring aus Alufolie um ihren Kopf trugen. Aber auch hier galt: Nichts hielt ewig in dieser schnellen neuen Welt. Immer mehr brutale Typen stiegen in das Geschäft mit der biokosmischen Strahlung ein. Sie fingen groß an, eröffneten »Biokosmische Gesundheitscenter«, starteten Werbespots im Fernsehen, in denen die glücklichen Psychos von erstklassigen Schauspielern gemimt wurden, sie verkauften Abos und versprachen den Leuten einen biokosmischen Schutzschild für die Ewigkeit. Katzmanns handgewickelte Kopfringe wirkten vor diesem Hintergrund ziemlich altmodisch.

Eines Tages packte er seine ganze Technik in einen großen schwarzen Koffer und wanderte aus nach Asow, eine

Kleinstadt im Süden. Dort war das Leben noch fast in Ordnung, und die Menschen wussten so gut wie nichts von biokosmischer Strahlung. Sie lebten wie in einem Naturschutzpark – in der ganzen Stadt gab es keinen einzigen Betrüger. Schon nach wenigen Wochen liefen mehrere Dutzend Menschen mit einem Alu-Kopfring durch die Gegend. Das Geschäft lief hier hervorragend. Dann passierte Katzmann aber das schlimmste Unglück, das einem praktizierenden bösen Zauberer passieren konnte: Er verliebte sich in eine Patientin.

Katzmann bastelte zu der Zeit gerade an einem neuen Modell, einem Helm aus Alufolie, der für eine totale Energiebalance sorgen sollte, sehr teuer und nur für ganz akute Psychos gedacht. Da tauchte Diana auf: ein zwanzigjähriges Mädchen, das sich naiv wie ein kleines Kind aufführte. Während er sich in seiner alltäglichen Arbeit ständig bemühen musste, glaubwürdig zu wirken, um das Misstrauen der Leute zu zerstreuen, so war es bei Diana anders: Sie glaubte ihm sofort. Normalerweise kamen Leute zu ihm, die nach einer Abkürzung im Leben suchten. Die einen wollten schnell Karriere machen, die anderen ihre Konkurrenz besiegen. Viele glaubten, dass ihre Gedanken von fremden Menschen beeinflusst würden. Alle diese Menschen taten ihm nicht leid, sie hatten seinen Kopfring verdient.

Diana aber wollte mit Tieren sprechen, mit Vögeln und Delphinen. Für sie war er ein Professor, der sein Leben der wissenschaftlichen Forschung gewidmet hatte. Und der Professor war nur zu feige, sich zu outen. Er versprach ihr jede Menge Delphine, ja, das könnte er mit diesem Helm theoretisch hinkriegen, sagte er. Alles wäre nur eine Frage der Forschung. Eigentlich hing diese Forschung dem Professor schon längst zum Halse raus, er wollte den Helm teuer verkaufen und die Stadt verlassen, für immer diesen biokosmischen Quatsch vergessen. Aber Diana stand gerade auf diesen Quatsch. Sie wollte über nichts anderes mit ihm reden. Die beiden tranken moldawischen Rotwein, er maß ihre biokosmische Strahlung und schenkte ihr einen Kopfring. Diana wollte aber unbedingt den Helm. Sehr teuer, stotterte der Zauberer.

In April bekam die Kleinstadt Asow Besuch von einer ungewöhnlichen Prominenz – dem berühmten norwegischen Wissenschaftler und zwanzigfachen Doktor Thor Heyerdahl, der zusammen mit seiner jungen Ehefrau, einer Miss Frankreich, in Asow anlegte. So einen hochrangigen Besucher hatte Asow noch nie empfangen. Die ganze Stadt erstarrte. Thor Heyerdahl traf sich mit dem Bürgermeister und gab der örtlichen Zeitung ein langes Interview. In diesem erklärte er, dass die Einheimischen nicht von irgendwelchen Griechen, sondern von Wikingern abstammten. Die Stadt sei also ursprünglich von Norwegern erbaut worden und hieße nicht Asow, sondern As-Hof, was auf altnorwegisch »Gottessitz« bedeute. Dafür hätte er zahlreiche Belege in den isländischen Sagas gefunden. Er deutete an, dies alles durch selbstfinanzierte Ausgrabungen vor Ort beweisen zu wollen.

Der Bürgermeister rieb sich die Hände. Er bezweifelte zwar, dass seine Landsleute von den Wikingern abstammten, dafür waren sie zu lasch und friedlich, aber eine ordentliche Ausgrabung konnte der Stadt nicht schaden: ein wenig Ruhm, ein wenig Weltgeschichte. In Wirklichkeit hatte der Multidoktor Thor Heyerdahl gar nicht vor, irgendetwas in Asow auszugraben. Ihm war unterwegs nach Norditalien ein Unglück passiert. Thor Heyerdahl war aus Amman nach Asow gekommen. Dort in Amman hatte er sich mit einem Scheich getroffen und dem örtlichen Fernsehen ein langes Interview gegeben. Im Zuge der Völkerverständigung hatte ihm der Scheich daraufhin zwei Gepardenbabys geschenkt, ein Männchen und ein Weibchen. Sie galten in Arabien als lebensverlängernd.

»Aber was mache ich, wenn sie sich fortpflanzen?«, witzelte Thor Heyerdahl.

»Keine Bange«, beruhigte ihn der Scheich, »Geparden können sich nur in der freien Natur fortpflanzen.«

Erst als er sich wieder auf hoher See befand, musste sich Thor Heyerdahl eingestehen, dass er einen Riesenfehler begangen hatte, sie mit aufs Schiff zu nehmen. Die Geparden pflanzten sich dort zwar nicht fort, aber sie waren die schnellsten Tiere überhaupt und gerieten an Bord vollständig außer Kontrolle. Nur mit großer Mühe gelang es der Mannschaft, die beiden wilden Katzen in Heyerdahls Kajüte einzusperren. Das wiederum gefiel seiner jungen Frau, Miss Frankreich, überhaupt nicht. »Entweder sie oder ich«, sagte Miss Frankreich. Die Reise wurde dadurch zu einer wahren Qual. Eigentlich sollte es seine Hochzeitsreise sein durchs Mittelmeer. Den Umweg ins Asowsche Meer hatte er nur gemacht, um die Geparden loszuwerden. In einem zivilisierten Land hätte es vielleicht Probleme gegeben, aber Asow schien ihm gerade der richtige Ort zu sein, um die Schnellläufer zu entsorgen.

»Als Zeichen unserer zukünftigen Zusammenarbeit möchte ich Ihnen ein Geschenk machen«, sagte der berühmte Weltumsegler zum Bürgermeister von Asow. »Ich möchte Ihnen zwei meiner Lieblingsgeparden übergeben, ein Männchen und ein Weibchen. Das könnte die Basis zum Bau eines zoologischen Gartens in Asow sein.«

Der Bürgermeister fühlte sich geehrt. Er schickte zwei Polizisten, um die Geparden abzuholen. Die beiden Milizionäre waren aber auf die schnellsten Tiere der Erde nicht vorbereitet. Kaum öffneten sie die Tür, stürmten die Geparden in die Freiheit. In der Stadt war daraufhin der Teufel los. Die Menschen rannten wie verrückt auseinander, die Geparden plünderten den Wochenmarkt und ließen sich am traditionell im Frühling abgestellten Wasserbrunnen auf dem Platz der Kosmonauten nieder. Der Bürgermeister fuhr in einem Polizeiwagen durch die Stadt und verkündete mit einem Megaphon eine Ausgangssperre. Ein Spezialkommando der örtlichen Polizei riegelte den Platz der Kosmonauten ab.

»Na, Liebling«, fragte Thor Heyerdahl seine Frau, »wie fühlst du dich?«

»Viel besser«, antwortete Miss Frankreich, »können wir jetzt endlich weiter?« Sie langweilte sich in Asow.

An diesem sehr heißen Apriltag ging ein ungewöhnliches Pärchen durch die Stadt: eine junge Frau mit einem Helm auf dem Kopf, der in der Sonne blitzte, und ein kleiner Mann mit einem großen schwarzen Koffer, in dem sich die Akkus für den Helm befanden. Sie gingen durch menschenleere Straßen. Die Stadt wirkte wie ausgestorben, nicht mal ein Auto fuhr mehr. Sie gingen in Richtung Meer.

»Siesta, Siesta, schlaft ihr alle?«, schrie der kleine Mann. Er schwitzte und musste alle fünfzig Meter seinen Koffer abstellen. Die Frau lächelte. Der Himmel hing schräg über ihren Köpfen, und am Horizont, dort wo die Häuserzeilen zu Ende gingen, konnte man schon das Blau des Meeres erkennen. An einem Wasserbrunnen mitten in der Stadt machten sie Halt. Die Sonne stand hoch, ein Kiosk mit Eiskrem wartete auf Kunden, der Verkäufer war nirgendwo zu sehen. Sie bedienten sich selbst und setzten sich an den Beckenrand. Zwei Geparden lagen im Brunnen, ein Männchen und ein Weibchen, beides die schnellsten Tiere der Welt. Sie beobachteten das ungewöhnliche Paar ohne Interesse.

»Steht auf«, sagte Diana zu den Geparden. »Steht auf, und folgt mir!«

Katzmann schwitzte noch mehr als zuvor. Das Leben ist schön, dachte er, nur viel zu kurz. Die Geparden sprangen auf und gingen auf Diana zu.

»Hör mir mal zu«, sagte Katzmann, »das mit dem Helm, das habe ich mir bloß ausgedacht. Es gibt keine biokosmische Energie.«

Diana hörte ihm nicht zu. »Vorwärts, ihr Katzen!«, kommandierte sie. Der Zauber wirkte. Die Geparden schlichen langsam Richtung Meer und die jungen Leute ihnen hinterher.

Am Pier blieben sie stehen. Ein kleines Segelschiff schaukelte in den Wellen nicht weit vom Ufer entfernt. Diana winkte ihm zu. Danach wandte sie sich ans Wasser.

»Große Fische!«, rief sie, »taucht sofort auf!«

Der Einsatzleiter telefonierte mit dem Bürgermeister.

»Die Tiere sind jetzt am Ufer. Zusammen mit zwei Menschen, die mit den Geparden reden. Soll ich schießen oder nicht?«

Der Bürgermeister war sauer. Am liebsten hätte er alle abgeknallt und als Erstes diesen Weltumsegler mit seiner bescheuerten Zoo-Idee. Der erste Schritt zum zoologischen Garten! Was für ein Schwachsinn!

»Wo ist der verfluchte Wikinger?«, fragte er den Einsatzleiter.

»Der ist weg«, berichtete der Polizist.

Thor Heyerdahl saß völlig entspannt an Deck seines Bootes und beobachtete die Stadt durch ein Fernrohr. Seit er die Geparden los war, machte ihm das Segeln wieder Spaß. Am Ufer erkannte er eine kleine Gruppe, die ihm zuwinkte.

»Ja, ja, winkt nur ruhig weiter«, dachte er zufrieden, »jetzt habt ihr euren Zoo.«

Knapp ein halbes Jahr später starb der 87-Jährige an einem Gehirntumor in Norditalien.

Unser Karlsson, vom Dach gefallen

Von allen Märchen des Westens waren in Russland die schwedischen am beliebtesten: »Die wunderbare Reise des kleinen Nils Holgersson mit den Wildgänsen«, »Pippi Langstrumpf« und »Karlsson vom Dach«. Wahrscheinlich weil es in all diesen Märchen um die Befreiung ging. Der Junge Nils wurde von Wildgänsen in die weite Welt mitgenommen, die keine Angst vor Grenzkontrollen hatten und jede Raketenabwehr ignorierten. Sie waren frei und konnten überall hinfliegen. Ähnlich frei und angstlos benahm sich das Mädchen Pippi Langstrumpf. Sie durfte aus nicht ganz klar ausgeführten Gründen anders sein und die Regeln und Gesetze ihres Landes nicht ernst nehmen. Ich glaube, die Hauptfrage im Märchen über das freche Mädchen, warum sie eben so frech sein durfte, klärt sich über die Figur des Vaters auf. Vater Langstrumpf war ein einflussreicher Kapitän.

Am innigsten haben die Russen jedoch Karlsson vom Dach ins Herz geschlossen. In der Sowjetunion war er eine Art Robin Hood mit Propeller. Karlsson war jedes

Kindes Nachbar, er wohnte nicht im weiten Wald, sondern auf dem Dach seines Hauses. Genau genommen gehörten ihm alle Dächer der Stadt. Eine schöne Vorstellung, auf dem Dach einen Freund zu haben, der immer für dich da ist und dich vor der Miliz, vor den bösen Eltern, vor dem Staat und deiner Schule in Schutz nimmt und dazu noch mit einem Propeller auf dem Rücken ausgestattet ist. Diese Vorstellung machte nicht nur Kinder euphorisch.

Die Russen übersetzten alle Abenteuer Karlssons aus dem Schwedischen und machten einen eigenen Zeichentrickfilm daraus, der alle paar Monate im Fernsehen lief und sich beim Publikum großer Beliebtheit erfreute. Noch berühmter als der Zeichentrickfilm war die Inszenierung eines Karlsson-Theaterstückes im Moskauer Theater der Satire. Das Stück wurde geradezu Kult. Menschen aus der ganzen Sowjetunion fuhren nach Moskau und machten im Winter Lagerfeuer vor dem Diensteingang des Theaters der Satire, um bei minus zwanzig Grad nicht zu erfrieren. Sie standen Tage und Nächte vor dem Haus, um einmal den lebendigen Karlsson zu sehen.

Der Schauspieler mit einer schwarzen Ponyfrisur und dem seltenen Namen Spartakus spielte dreißig Jahre lang jede Woche Karlsson vom Dach. Er glaubte irgendwann selbst, er wäre Karlsson und kein sowjetischer Schauspieler mit undurchsichtiger Biografie. Spartakus lief auch in seiner Freizeit wie Karlsson etwas entenhaft durch die Gegend, lächelte Fremden zu und hatte eine Hand immer am Knopf, der den unsichtbaren Propeller einschaltete. Er nahm seinen Ruhm als eine längst verdiente und nur durch Zufall anfangs verhinderte Selbstverständlichkeit wahr. Spartakus fuhr durch das Land, trat auf zahlreichen kleinen und großen Bühnen auf und imitierte Propellergeräusche. Die Jungs und Mädchen fielen in Ohnmacht vor Glück, einmal den echten Karlsson gesehen zu haben. Er spielte ihn insgesamt 1982 Mal und wollte es unbedingt auf 2000 Vorstellungen bringen.

Ich glaube, da hat ihn dann sein Sinn für die Realität verlassen. Anders kann ich mir nicht vorstellen, was ihn dazu bringen konnte, in seinem Alter allein im eigenen Garten auf eine wackelige Leiter zu klettern, um einen dreißig Zentimeter dicken Ast abzusägen. Den seltenen Namen hatte Spartakus von seiner Mutter erhalten, einer überzeugten Kommunistin, die in den turbulenten Jahren nach dem russischen Bürgerkrieg Karriere in der Partei gemacht hatte, im Bezirkskomitee als befreite Sekretärin arbeitete und bei den parteiinternen Säuberungen in den späten Dreißigern zusammen mit ihrem Mann in ein Umerziehungslager geschickt wurde. Spartakus selbst saß zwei Mal im Lager: ein Mal vor und ein Mal nach dem Krieg. Vor dem Krieg war er seinen Eltern als Sohn zweier Volksfeinde dorthin gefolgt, nach dem Krieg war er von einem Nachbarn denunziert worden, er hätte angeblich antisowjetische Losungen auf Stalinporträts geschrieben.

In Wirklichkeit erlebte Spartakus damals gerade eine

Phase der Begeisterung für die Literatur. Er beschloss, um jeden Preis Schriftsteller zu werden, und schrieb Nacht für Nacht an seinem ersten Abenteuerroman mit dem verheißungsvollen Titel »Der goldene Sarg«. Er hatte bereits den ganzen Roman im Kopf konstruiert, als einziges Problem blieb ihm das fehlende Papier. Spartakus klaute im Klub einen Stapel Stalin-Plakate mit dem Aufruf, das Land aus den Ruinen zu heben – auf der Rückseite waren die Plakate weiß und zum Draufschreiben perfekt geeignet.

Der Traum, Schriftsteller zu werden, war bei Spartakus bloß eine Episode. Eigentlich wollte er seit seiner Kindheit schauspielern. Er meinte, alles was mit uns geschah, habe einen tieferen Sinn. Und spätestens nach dem zweiten Lageraufenthalt wusste er, dass die Schriftstellerei ihm kein Glück bringen würde. Seine Liebe zum Theater und die Ungeduld, in eine Theaterschule aufgenommen zu werden, waren groß. In Moskau durfte er als vorbestrafter Sohn von Volksfeinden jedoch von einer solchen Schule nicht einmal träumen.

Als er in der Zeitung las, in einer sibirischen Kleinstadt würde eine »Art-Schule« eröffnet, fuhr er, ohne lange zu überlegen, hin. Bei der »Art-Schule« handelte es sich aber um eine Ausbildungsstätte für Artilleristen, nicht für Artisten. Es führte kein Weg zurück, und Spartakus wurde dort zum Leutnant der Artillerie ausgebildet. Lange und krumm waren seine Wege auf die Theaterbühne, doch wer sucht, der findet immer eine Lösung. Bereits Ende der Sechzigerjahre bekam Spartakus kleine Rollen auf der Bühne des Theaters der Satire in Moskau. Später, als dort niemand von den großen Schauspielern sich mit einem angenähten Propeller auf dem Rücken am frühen Sonntagvormittag blamieren wollte, bekam er die Rolle von Karlsson vom Dach. Das Märchen wurde schließlich im Fernsehen gezeigt, und da schlug die Stunde des Spartakus. Er spielte nur noch Karlsson, er nahm den Propeller praktisch nicht mehr ab. Seine Kollegen wechselten ständig. Den kleinen Jungen, die eigentliche Hauptrolle, den Freund von Karlsson spielten junge smarte Schauspielerinnen frisch von der Theaterschule. Den Karlsson spielte nur Spartakus. Bei seinen Begegnungen mit dem Publikum jenseits der Bühne wiederholte er nur seine berühmten Sprüche aus dem Stück: »Bleib locker, Kleiner«, »Geduld, nur Geduld« sowie »Wer ist der beste Karlsson der Welt?«

Der Mensch Spartakus löste sich hinter seiner Rolle völlig auf. Niemand wusste, ob er eine Frau oder eigene Kinder hatte und was er in seiner Freizeit tat. Die Sprüche blieben immer die gleichen, er zog damit bis nach Sibirien, brach viele Herzen. Sogar auf der Insel Sachalin, wo meine Frau herkommt, war er und nahm ein siebzehnjähriges Mädchen von dort nach Moskau mit, eine Sachaliner Schönheit. Karlsson schickte sie aber später auf die Insel zurück. Seine Fans skandierten vor dem Diensteingang des Theaters: »Karlsson! Karlsson! Komm heraus!« Er kam selten heraus.

Nach dem Fall der Sowjetunion konnte auch Karlsson niemanden mehr retten. Alle Dächer und Fernsehschirme wurden zu Werbeflächen, Menschen rannten dem vermeintlichen Kapital hinterher. Spartakus durchlebte noch einmal schwierige Zeiten, er war als sozialistischer Karlsson auf dem neuen kapitalistischen Dach ausgerutscht, ging mit seinem eigenen ehrgeizigen Theaterprojekt »Das Theater auf dem Dach« schnell pleite und verkaufte eine Zeit lang sogar in einem Nachtkiosk in der Nähe seiner Wohnung Bier und Zigaretten. Nach den ersten turbulenten Jahren beruhigte sich das Land jedoch etwas, die Menschen, die ein volles Jahrzehnt den Wonnen des Wildkapitalismus hinterhergerannt waren, mit stierem Blick nach vorne, verlangsamten ihren Lauf und schauten gelegentlich wieder zurück.

»Wo ist denn eigentlich unser Karlsson?«, fragten sie.

Spartakus wurde in Nostalgie-Talkshows eingeladen, er gab Interviews und bekam ein paar kleine Rollen in Actionfilmen, doch niemand konnte ihn in diesen Rollen ernst nehmen. Er war für alle der Karlsson vom Dach, mit dem wir aufgewachsen waren, mit dem wir einmal hatten wegfliegen wollen, der uns vor der Miliz und den bösen Hausmeistern in Schutz hatte nehmen können, der uns mindestens im Traum immer sicheres Asyl gewährt hatte bei sich auf dem Dach. So kann es nur der zynische Hohn des Schicksals gewesen sein, dass ausgerechnet dieser unser großer Beschützer Karlsson in seinem eigenen Garten beim Absägen eines dreißig Zentimeter dicken Asts von der Leiter fiel – mit einer gerade neu gekauften Motorsäge in der Hand, die er nicht ausschalten konnte. Und sein Propeller sprang in dem Moment auch nicht an.

Die Opfer der Kunst

Ich bin einmal mit dem chinesischen Künstler Ai Weiwei Tee trinken gegangen, noch bevor er von der Regierung inhaftiert worden war. Mein Englisch ist schlecht, sein Englisch sehr chinesisch, und mir ist noch immer unklar, ob er eine ehrliche Haut ist, ein Don Quijote, der sich furchtlos mit dem blutrünstigen chinesischen Regime anlegt, oder ein professioneller, in Amerika ausgebildeter Dissident, der als Diversant in seine alte Heimat geschickt wurde, um das Land mit seiner Aktionskunst in Unruhe zu stürzen und politisch wie wirtschaftlich zu destabilisieren. Wahrscheinlich ist er beides, und er tut beides gut. Wenn Ai Weiwei zum Beispiel alte Vasen aus der Jungsteinzeit mit Coca-Cola-Mustern bedruckte oder welche aus der Han-Dynastie gar zerbrach, schrieben die Kunstdeuter, dass der Künstler damit zeigen wolle, wie die große Geschichte Chinas in eine Sackgasse geraten sei. Er provozierte, und viele im In- und vor allem Ausland regten sich auf. Das war auch gut so. Kunst soll nicht zum Einschlafen, sondern zum Aufwachen beitragen.

Die Geschichte der menschlichen Zivilisierung darf nicht zu einer Gutenachtgeschichte werden. Es wäre doch wünschenswert, wenn man jedes System der Unterdrückung bloß mithilfe der Kunst aus den Angeln heben könnte. Leider haben nicht alle Staaten Angst vor Aktionskunst. Manche Länder wie Deutschland können gut mit dem Kulturchaos umgehen. Als Ai Weiwei 1001 seiner Landsleute als Installation nach Kassel gebracht und ausgestellt hatte, war es wahrscheinlich für die deutschen Behörden ein Leichtes, im Schnellverfahren Zehntagesaufenthaltsvisa für 1001 Chinesen auszustellen, sie als »freie Mitarbeiter« zu deklarieren, um sie dann, wenn die Chinesen ihre Zeit in Kassel als Installation abgearbeitet hatten, wieder sauber und pünktlich zu entsorgen.

Was blieb, war ein Gefühl der Allmacht der Kunst, ein Gefühl, das täuscht. Denn würde Ai Weiwei heute für seine Installation statt 1001 Chinesen 20 000 Tunesier brauchen, wären sie nicht bis nach Kassel gekommen. Nicht als Installation, nicht einmal ausgestopft. Die 1001 Chinesen sind zurück, und keinen Kunstkurator kümmert es, was mit ihnen jetzt geschieht, wie es ihnen geht, wie es den anderen Milliarden Chinesen geht, die als Treibstoff verheizt werden in einer gigantischen Maschine zur Produktion von Allerlei. Doch die Welt macht sich nur Sorgen um den Künstler Ai Weiwei. Seine große Heimat hat ihn inhaftiert, Angst vor ihm bekommen, und etwas Schöneres kann sich ein Aktionskünstler für seine Biographie eigentlich nicht wünschen.

Es gibt außer China noch andere Staaten, die wie Elefanten vor Mäusen Angst vor Künstlern haben. Meine Heimat gehört auch dazu. Diese Angst ist begründet, denn jede gute Kunst ist die Kunst des Erinnerns. Und wenn sich Menschen erinnern, dann passiert stets irgendetwas Unvorhergesehenes, dann gibt es keine Stabilität, und der Staat hat keine Ruhe. Nur dort, wo sich die Menschen an nichts erinnern, passiert auch nichts.

Von Anfang an hat der Mensch die Kunst zur Kultur des Erinnerns eingesetzt, um seine Verluste zu beklagen, um die Erinnerung an alles, was ihm lieb und wert war, maximal für die Ewigkeit, minimal für sich selbst aufzubewahren. Was zeigen uns die ersten Zeichnungen an den Wänden der Höhlen, in denen unsere Vorfahren am Lagerfeuer froren? Sie zeigen das schmerzhaft vermisste fette Mammut, das sie letzten Winter erlegt haben und von dem inzwischen nur noch die Schädelknochen und sein Riesenschwanz geblieben sind. Oder sie zeigen den schmerzhaft vermissten Freund, jemandes Sohn, Onkel oder Vater, der sich damals mutig auf die Jagd gemacht hatte und nicht zurückgekehrt war. Oder sie zeigen die verstorbene Urmama, die eine wunderbare Suppe aus den Mammutknochen zaubern konnte.

Wir Menschen haben uns stets bemüht, alles, was uns einmal von Bedeutung war, zu behalten, in dem wir es malten, aufschrieben, darüber Lieder sangen, es auf Bühnen in Form von Theaterstücken aufführten, um immer und immer wieder unsere Sehnsucht nach dem Vergangenen zum Ausdruck zu bringen. Dabei leben wir in einer unbeständigen, vergesslichen Welt. Alte Dinge werden im Handumdrehen durch neue ersetzt, die Menschen sterben, über ihre Anstrengungen lacht die Sonne, ihre Häuser werden zu Staub, aus ihren Autos werden Löffel gemacht. Nur ihre Geschichten bleiben.

Die meisten Erinnerungen werden jenseits der bunten Welt an stillen Ecken aufbewahrt, in Bibliotheken und Museen, Universitäten und auf Friedhöfen. Ach, wenn ich das Sagen hätte, würde ich überhaupt die Friedhöfe, Universitäten und Museen zusammenlegen, damit die Studierenden nicht in klinisch sauberen Auditorien, sondern auf den Grabsteinen von ihren Vorfahren lernen. Unter jedem Stein liegt doch eine ganze Fakultät begraben. Auf diese Weise würde jedes Studium zu einer Wiederauferstehung führen und die Kunst größeres Ansehen in der Gesellschaft bekommen. Künstler könnten viel mehr als nur den lieben Onkel oder das fette Mammut in ihren Werken wieder zum Leben erwecken. Sie könnten zum Beispiel auch fehlende Teile des gesellschaftlichen Lebens wiederherstellen. Sie könnten statt der Politiker Politik machen, sie könnten sich um Solidarität und Kooperation sorgen, sie könnten in letzter Konsequenz Widerstand gegen die Staatsgewalt initiieren.

In meiner Heimat Russland hat das Kapital die Zügel der Macht fest im Griff. Es darf keine Politik außerhalb des Kremls stattfinden. Alle Rechte der Arbeitenden, alle sogenannten »Errungenschaften des Sozialismus« sind für die Katz. Die Arbeitsgesetze sind bereits vor Jahren von den größten Kapitalinhabern umgeschrieben worden. Die Wölfe schrieben quasi die Lebensregeln der Schafe neu und begründeten diese Notwendigkeit mit den Nöten der schnellen kapitalistischen Entwicklung. Meine ehemalige Nachbarin Alla suchte ein Jahr verzweifelt nach Arbeit, bevor sie eine gute Anstellung fand. Sie arbeitet als Kassiererin in einer Filiale der Supermarktkette »Die Spitze«, vierzehn Stunden am Tag, sechs Mal die Woche für umgerechnet 300 Euro im Monat. Und sie ist dabei noch heilfroh, dass sie diesen Job überhaupt bekommen hat. Am Wochenende kocht sie ihrem dagestanischen Mann für die ganze Woche seine moslemisch-komplizierten Speisen vor, weil er kein »normales« Essen aus dem Supermarkt »Die Spitze« essen darf, wie sie mir neulich am Telefon erzählte.

Mit der Kunst wird in Russland selbstverständlich nach westlichen Vorbildern umgegangen. Bevor ein Buch herauskommt oder eine Ausstellung eröffnet werden darf, werden spezielle »Projektentwickler« losgeschickt, um die »Marktsituation«, das heißt die Gunst des Publikums und die möglichen Vertriebsvarianten auszukundschaften. Erst wenn sie ganz sicher sind, dass es genug wichtige Leute geben wird, die etwas Bestimmtes sehen und hören wollen, die über das dargebotene Thema zu lachen bereit wären, wird das süße Kunstprodukt auch tatsächlich auf die Welt gebracht.

Nur wenige Künstler wagten es, in Russland gegen

den Wind zu pinkeln. Ganz vorne dabei war die Aktionsgruppe »Wojna« – Krieg. Ihre erste Kunstaktion hieß »Nachkommen zeugen für den Präsidenten«. Dazu führten sie öffentlich – im Zoologischen Museum vor einem ausgestopften Bären – einen Geschlechtsverkehr vor. Die Botschaft dieser Aktion war unmissverständlich. Die Machthaber in Russland werden bekannterweise nicht gewählt, sondern knospen sich voneinander ab. Es gibt keinen politischen Nachwuchs, es gibt keinen Nachwuchs in der Wissenschaft oder der Wirtschaft, es gibt überhaupt keinen Nachwuchs. Alles ist für immer und ewig geklärt und dadurch eben sehr fragil und wackelig geworden.

Die Situation ist wie in meiner Jugend, im spätversteinerten Sozialismus. Damals galt es als lustige Anekdote, wie einer, der einen Ausreiseantrag gestellt hatte, dem Beamten erklärte, er habe zwei Gründe, das Land zu verlassen. Zum Ersten fühle er sich im Sozialismus unsicher, es sei nichts auf lange Sicht planbar, alles stehe auf tönernen Füßen. Er habe ständig das Gefühl, als würde das ganze System von heute auf morgen einstürzen.

»So ein Quatsch«, entgegnete ihm der Beamte. »Den Sozialismus wird es noch in tausend Jahren geben!«

»Und das ist der zweite Grund, warum ich weg möchte«, erklärte ihm der Ausreisende.

Später ließen die Kriegs-Künstler während des zweiten Chodorkowski-Prozesses im Gerichtssaal tausend Kakerlaken frei. Die Aktion hieß »Die Justiz hat bloß Kakerlaken im Kopf«. Als besonders aufwendig erwies sich die Aktion »Küss den Bullen«, bei der Polizisten von Unbekannten auf der Straße mit Zungenküssen angegriffen wurden. Die Polizistinnen mussten dabei von weiblichen und die männlichen Polizisten von männlichen Passanten geküsst werden.

Für ihre letzte Aktion, »Riesenschwanz ins Gesicht der FSB« – ein auf die Klappbrücke in St. Petersburg gemalter Penis, der mit dem Brückenteil zusammen direkt vor den Fenstern der Staatssicherheitsbehörde zum Stehen kam –, bekam diese Künstlergruppe, von denen einige polizeilich gesucht werden, andere sich im Ausland verstecken und einige bereits im Knast sitzen, einen vom Staat dotierten Kulturpreis für »Innovation in der Kunst der Moderne«. Die Jury aus Kunstkritikern und Kuratoren konnte niemand anderen auszeichnen, es gab und gibt in der ganzen großmäulig angekündigten Entstalinisierung Russlands nichts Innovativeres als den Riesenschwanz im Gesicht einer Staatssicherheit, die ihren Staat sichert, aber nicht seine Bevölkerung. Dafür wurde die Jury von anderen innovativen Aktionskünstlern, die beleidigt waren, heftig kritisiert und als »Eunuchen des Kapitals« beschimpft.

Immer mehr Menschen in Russland werden zu Künstlern. Dort, wo keine politische Opposition möglich ist, wächst die Aktionskunst. Es wird den zukünftigen Generationen von Kunstwissenschaftlern schwerfallen, diese Kunst in einem oder mehreren Museen zwecks

Archivierung und Analyse zu sammeln. Die ganzen Riesenschwänze, die momentan wie Pilze aus dem Boden sprießen – in Berlin gibt es unter anderem einen an der taz-Fassade – winken den Massen zu, um sie daran zu erinnern, dass sie missbraucht werden. Und welches Museum kann die hundert Millionen Porzellan-Sonnenblumenkerne beherbergen, die Ai Weiwei gebrannt hat?

Die Nachkommen werden diese unsere Schwänze wahrscheinlich nur im Internet auf den alten verloren gegangenen Seiten sehen, die man vergessen hat abzuschalten. Und sie werden uns beneiden. Sie werden unsere Zeit als die schier lustigste, innovativste, die total subversive, revolutionäre Zeit in Erinnerung behalten und sich vor Neid in die Ellenbogen beißen, in dieser wunderbaren Zeit noch nicht gelebt zu haben.

Zauberhaftes Russland

Es gilt grundsätzlich zwei Arten von Magie zu unterscheiden: die homöopathische und die sympathische Magie. Erstere beruht auf der einfachen Erkenntnis, dass man Gleiches mit Gleichem bekämpfen kann. Bei starken Halsschmerzen zum Beispiel hilft es, viel Eis zu essen; wenn man in der Dunkelheit die Augen schließt, wird man sich besser orientieren können; wer am morgendlichen Kater leidet, sollte einen Wodka kippen, und schon ist die Welt wieder in Ordnung. Obwohl – beim Umgang mit Wodka würde ich nicht raten, sich nur auf seine homöopathische Wirkung zu verlassen. Wodka ist an sich schon ein magisches Getränk. Der Geschmack bleibt immer derselbe, die Abenteuer danach sind aber immer verschieden.

Die zweite Art, die sympathische Magie, besteht darin, dass immer genau das eintritt, wovor man am meisten Angst hat. Denkt jemand stets an Krankheit und Tod, wird er krank und stirbt. Ein anderer hält sich für gesund und sieht bis zu seiner Autopsie gut aus. Die sympathische Magie ist mehr als eine Einbildung, sie ist durchaus ernst zu nehmen. Ich hatte früher einen Freund, der täglich an Amerika dachte, bis er eines Nachts in Moskau schlafen ging und in New York aufwachte.

Ich weiß nicht mehr, wann ich angefangen habe, an Chemnitz zu denken. Ich habe einmal ein Lied im russischen Radio gehört, dessen Sänger, ein russischer Punk, auf Deutsch sang:

Karl-Marx-Stadt, Karl-Marx-Stadt,
das ist die Stadt der roten Blumen,
Karl-Marx-Stadt, Karl-Marx-Stadt,
aber ich mag nur weiße.

Was für ein Quatsch, dachte ich. Wie kommt der Kerl bloß auf Karl-Marx-Stadt, und warum mag er nur Weiß? Dieser Punk war in der Schule bestimmt ein Schläger und Hooligan gewesen, weil Schläger und Hooligans in den sowjetischen Bildungsstätten in erster Linie zum Deutschlernen verdonnert worden waren. Als Erwachsener hatte der Rockmusiker dann beschlossen, seine ihm in der Schule eingebläuten Deutschkenntnisse in Liedern zu verbraten. Aber wieso Karl-Marx-Stadt? Immer wieder kam ich in Gedanken auf dieses Lied und diese Stadt zurück.

Je länger ich darüber nachdachte, umso mehr zog es mich dorthin. Und plötzlich bekam ich eine Einladung zu einer Lesung in Chemnitz, später veranstaltete ich dort auch eine Disko, und zuletzt bekam ich in Chemnitz einen richtigen Job. Ich moderierte in der dortigen Stadthalle den jährlichen Ball der sächsischen Industrie- und Handelskammer. Jedes Jahr veranstalten die sächsischen Geschäftsleute ein Fest kurz vor Weihnachten, und jedes Jahr bestimmt ein anderes Land oder eine andere Stadt das Thema des Abends – je nachdem, wie die wirtschaftlichen und kulturellen Interessen der Sachsen gerade sind. Letztes Jahr war Venedig das Thema, davor Amerika, dieses Jahr sollte der Ball »Zauberhaftes Russland« heißen. Ein umfangreiches Programm war geplant. Russisches Nationalballett, Donkosakenchor, eine lebende Urenkelin von Puschkin, Pelmeni-Jongleure, ein echter russischer Generalkonsul usw.

Als Russlandexperte durfte ich durch den Abend führen. Und später, wenn alles aufgegessen, ausgeredet und ausgetrunken war, sollte ich den Abend mit einer Russendisko abrunden. Schon wieder Karl-Marx-Stadt, die Stadt der roten Blumen, überlegte ich und beobachtete hinter den Kulissen das Publikum. Draußen auf dem Parkett versammelten sich Sachsen in schicken Kleidern, der alte sächsische Präsident mit unglaublich großen Ohren und der neue, bei dem die Ohren etwas kleiner waren, aber auch deutlich über dem Durchschnitt lagen. Ich hatte schon früher beobachtet, dass Politiker größere Ohren haben als unpolitische Menschen. Vielleicht ziehen sie einander an den Ohren, wenn sie keiner sieht, oder es wirkt bei ihnen die sympathische Magie: Sie wiederholen immer wieder gern: »Wir müssen unseren Bürgerinnen und Bürgern Gehör verschaffen, jede Stimme soll gehört werden... blablabla...«. Und je öfter sie es sagen, umso schneller wachsen ihnen die Ohren.

Hinter den Kulissen versammelte sich das kleine Völkchen des zauberhaften Russland, einem Phantasieland, das auf keiner Weltkarte zu finden ist. Dieses lustige Russland, bevölkert von eingepuderten Primaballerinen in dicken Socken, dickbäuchigen Donkosaken in engen schwarzen Uniformen, mehreren Musikern und einem Pelmeni-Jongleur, faszinierte und erschreckte mich zugleich. Rein zufällig durch die sympathische Magie in das zauberhafte Russland hineingeraten, versuchte ich nun, die Bewohner dieses fantastischen Landes näher kennenzulernen.

Die Kosaken verweigerten mir beharrlich die Antwort auf meine Frage, von wo sie wirklich kamen. »Direkt aus der Sowjetunion«, sagte ein molliger Donkosake mit spitzigem Schnurrbart und hob den Zeigefinger hoch.

Die Ballerinen redeten mit mir überhaupt nur darüber, dass ich den Namen ihres Ensembles richtig anmoderieren sollte, es seien nämlich sehr viele sich ähnlich nennende Balletttruppen in der Welt unterwegs, die als zauberhaftes Russland auftraten. »Das russische Nationalballett« heiße das eine, »Russisches Nationalballett« das andere, »Nationales Staatsballett Russlands« ein drittes, und darüber hinaus gäbe es noch ein weiteres Dutzend. Anstatt sich einen außergewöhnlichen Namen zu geben, zum Beispiel »Zauberhaftes Volle-Pulle-Ballett«, wollten die Tanzgruppen alle gleich heißen. Sie tanzten auch das gleiche Programm: *Schwanensee, Nussknacker, Dornröschen*. Besonders die letzte Nummer komme in Deutschland immer sehr gut an, die deutsche Folklore sei voll von schönen schlafenden Mädchen, die nur darauf warteten, von einem richtigen Prinzen wachgeküsst zu werden. Die russischen Märchen sind selten Liebesgeschichten, öfter berichten sie über die Tragödien des männlichen Seins, über nicht erfüllte Männerträume und die Unmöglichkeit des Glücks. Ein typisches russisches Märchen ist für mich das vom Goldfisch, der von einem armen Fischer gefangen wird und ihm drei Wünsche zu erfüllen verspricht, wenn der Fischer ihn wieder freilasse. Der Fischer teilt dem Fisch seine intimsten Wünsche mit, wird aber mit ihrer Erfüllung nur noch unglücklicher, und der Goldfisch lacht ihm ins Gesicht.

Den Abend eröffnete der sächsische Präsident. Er freute sich, ein zauberhaftes Russland in Sachsen begrüßen zu dürfen. Danach sprach der russische Generalkonsul, der in seiner Märchenuniform mit goldenen Runen auf den Ärmeln und einer großen goldenen Medaille an der Brust gut zum Thema des Abends passte. Der Generalkonsul war erst vor ein paar Jahren nach Deutschland gekommen, er konnte kein Deutsch. Deswegen kam er mit einer jungen Übersetzerin auf die Bühne und legte eine Rede nach der Schule des vorigen Jahrhunderts vor, als man möglichst viele Worte brauchte, um möglichst wenig zu sagen. Jeder Satz des Generalkonsuls wurde noch einmal in voller Länge von der Übersetzerin wiederholt.

»Sehr geehrte Damen und Herren«, sagte der Konsul, überlegte kurz und schoss nach: »Genossinnen und Genossen, Geschäftsmänner und Geschäftsfrauen, Brüder und Schwestern! Man kann die Wichtigkeit des heutigen Treffens kaum unterschätzen. Aber überschätzen sollte man diese Wichtigkeit auch nicht. Die Beziehungen zwischen unseren beiden Ländern haben eine lange, abwechslungsreiche Geschichte. Es gab darin helle und dunkle Momente, es gab Höhen und Tiefen. Die Tiefen haben wir gut überstanden. Aber auch die Höhen haben uns nichts ausgemacht. Wenn wir unsere Beziehungen vertiefen wollen, sollte die deutsche Regierung die Visumpflicht für Russland abschaffen, damit noch mehr zauberhaftes Russland hierherkommen kann.«

Während seiner Rede meditierte ich mit geschlossenen Augen am Bühnenrand. Ich stellte mir vor, welche Auswirkungen diese politische Forderung haben könnte. Keine Visumpflicht für das zauberhafte Russland? Ich sah einen Menschenfluss, der aus tanzenden Ballerinen und singenden Donkosaken bestand.

Mitten im Satz schaute der Generalkonsul auf die große Medaille an seiner Brust und beendete abrupt seine Rede. Das Buffet wurde eröffnet. Die Gäste liefen mit Tellern herum und stolperten immer wieder über Ballerinen, die mitten in diesem Pelmeni-Paradies als unterernährte Schwäne herumflogen. Zwischen den Gängen kamen die Kosaken und verunsicherten die Gäste mit lautem Gesang.

»Ich muss leider schon gehen«, sagte mir der Generalkonsul, schaute auf die Medaille und schenkte sich noch einen Wodka ein.

»Was steht denn auf seiner Medaille geschrieben«, fragten mich flüsternd besonders neugierige Deutsche.

Ich beugte mich unauffällig zum Konsul: »Lassen Sie uns auf das zauberhafte Russland trinken«, sagte ich und beobachtete seine Auszeichnung aus der Nähe. *Schweigen ist Gold* stand darauf.

Wenig später verschwanden die Ballerinen, und die Kosaken gingen schlafen. Der Konsul verließ schweigend den Ball, ohne auf Wiedersehen zu sagen. Ich tanzte bis um sechs Uhr früh zum Lied »Karl-Marx-Stadt« im Foyer der Stadthalle zusammen mit besonders hartgesottenen sächsischen Industriellen und ging anschließend durch die Stadt spazieren. Der große Kopf von Karl Marx zwinkerte mir in der aufgehenden Sonne zu.

Rasputin

Ein großer russischer Künstler ist nach Berlin gekommen, ein alter Schauspieler, der früher im sowjetischen Kino für die geheimnisvolle russische Seele zuständig war. Er war zwei Meter groß, hatte schwarze, wie Kohle glühende Augen, einen langen Bart und spielte gefährliche Männer, die sich mal wie Schurken, mal wie Helden benahmen und eine magische Anziehungskraft auf Frauen ausübten. Er spielte König Lear und Peter den Größten, besonders aber glänzte er in der Rolle von Rasputin. Nun kam er nach Berlin, um seine Landsleute auch in der Ferne mit seiner Kunst zu beglücken.

Meine Mutter und meine Tante, die ihn in ihrer Jugend bewundert hatten, kauften sich sofort Karten. Die Jahre waren an Rasputin nicht spurlos vorbeigeritten, er hatte eine Vollglatze, der Bart war weg und die Augen etwas kälter geworden. Er spielte kaum noch auf der Leinwand, stattdessen reiste er durch die Welt und las russische Dichter vor oder erzählte Geschichten über seine früheren Drehs. In Berlin kamen viele ältere Leute zu seinem Auftritt. Der Höhepunkt der Rasputin'schen Karriere war die Zeit ihrer Jugend und Reife gewesen. Nun war es Spätherbst, eine Zeit der Melancholie. Der Sommer war noch gut in Erinnerung, ja quasi noch präsent, die Sonne zwinkerte einem gelegentlich vom Himmel zu, doch der kalte Wind pustete schon die letzten Kastanienblätter weg, und die Dunkelheit fraß sich jeden Tag tiefer in den Tag hinein.

Melancholie passt zu der russischen Seele gut, der Saal war am Abend der Veranstaltung proppenvoll. Meine Mutter und die Tante hatten Karten in der fünften Reihe, sie saßen direkt in der Mitte, von fremden Müttern und Tanten umgeben. Der Saal war fast nur mit Frauen gefüllt, ihre Männer waren wahrscheinlich gestorben oder abgehauen. Es ist ja bekannt, dass Frauen länger leben und treuer als Männer sind. Wenn ihnen ein Schauspieler gefällt, lieben sie ihn ein Leben lang.

Der melancholische Schauspieler kam auf die Bühne, schaute in den Saal, sah diesen Oma-Kongress und wurde dabei noch melancholischer. Er las Gedichte vor, erzählte ein wenig von früher und sagte, er würde seit Neuestem auch noch singen und jetzt gern eine alte russische Romanze, »Verführe mich nicht ohne Grund«, zum Besten geben. Die Zuschauer wunderten sich etwas: »Verführe mich nicht ohne Grund« ist eigentlich eine Frauenromanze. Aber ein intelligentes Publikum gibt dem Künstler seine Freiheit, er soll tun und lassen, was er will. Rasputin sang mit einer angenehm tiefen Stimme, ihn solle bitte niemand ohne Grund verführen. Er sang sehr melancholisch, und meine Mutter erinnerte sich an etliche Liebesgeschichten aus ihrer Jugend, an gebrochene Herzen, an kaputtgegangenes Porzellan. An die ganzen grundlosen Verführungen, die sie durchstehen musste, bis sie meinen Vater kennenlernte, der keine Verführungen mehr zuließ. Sie war traurig und gleichzeitig froh, solche Erinnerungen zu besitzen.

Meine Tante hatte bei ihrer Mutter und später allein gelebt, sie hatte keine Beziehungen, keinen Freund, keinen Hund, keine Katze. Sie ließ sich nicht verführen, ob mit oder ohne Grund. Jetzt saß die Tante in der fünften Reihe und hörte mit gesenktem Haupt und halb geschlossenen Augen dem Sänger zu.

»Wie ist ihr wohl zumute«, überlegte meine Mutter. »Arme, arme Tante! Sie spürt womöglich in diesem Lied die Sinnlosigkeit des eigenen Lebens, das Leid ihrer Einsamkeit.« Sie wollte die Tante unbedingt trösten, nahm ihre Hand und strich ihr leicht über die Schulter.

Die Tante gähnte und sagte: »Dieser Rasputin kann überhaupt nicht singen. Gedichte vorlesen geht, aber Romanzen, das sollte er aus seinem Programm besser streichen. Das kriege sogar ich besser hin«, meinte die Tante.

Wie unterschiedlich die Menschen doch sind, dachte meine Mutter und beschloss, nicht mehr melancholisch zu sein.

Don Carlos

Ein Anruf, ein Hilfeschrei: »Ich kann meine Schlüssel nicht mehr finden. Hast du sie vielleicht gesehen, kannst du mir sagen, wo sie sind?« Die Kinder verlieren oft ihre Hausschlüssel. Diese lassen sich leicht finden, solange die Kinder noch klein sind. Entweder stecken sie in der Tasche der Hose vom Vortag, oder sie liegen im Bad auf dem Fensterbrett neben der Kloschüssel. Aber je älter die Kinder werden, desto schwieriger wird es, ihre Schlüssel wiederzufinden. Die Räder der Zeit drehen sich weiter, irgendwann lassen sich die Schlüssel gar nicht mehr auffinden. Dann ziehen die Kinder aus und werden erwachsen.

Später, eines Tages, besuchen sie ihre Eltern, finden ihre alte Hose hinterm Schrank, greifen in die Tasche und finden ihren sinnlosen Kindheitsschlüssel wieder. Wo ist bloß die Tür, zu der er passt? Das Schloss ist längst verrostet, es führt kein Weg zurück, und hier, wie nett, noch zehn Euro vom letzten Taschengeld, das man damals verpasst hatte auszugeben. Man behält es am liebsten als Souvenir, als letzte Kindheitserinnerung sozusagen.

Jeder hat eine solche Erinnerung irgendwo vergraben. Bei meiner Mutter zum Beispiel war es die Oper *Don Carlos*, zu der sie als Kind 1941 von ihren Eltern geschleppt wurde. Es war ein Sonntag, Don Carlos sang sehr leidenschaftlich, es ging um eine tragische Liebesgeschichte. Der Held wollte die schöne Prinzessin heiraten, sein Papa aber auch. Sie konnten die Prinzessin nicht teilen, versuchten die Situation ohne Gewalt zu klären, mit Gesang und Musik. Mitten im zweiten Akt wurde der Beginn des Krieges angekündigt, und meine Mutter musste mit ihren Eltern schnell nach Hause gehen, schwor sich aber, nach dem Krieg den Rest der Oper anzuschauen.

Die Gelegenheit ließ nicht lange auf sich warten. Siebzig Jahre später in Berlin lud ihre Putzfrau Nina sie in die Oper ein. Nina war aus Vilnius nach Berlin gekommen, sie putzte außer bei meiner Mutter bei vielen Künstlern. Angefangen hatte sie bei einer Opernsängerin, die ein Engagement an der Staatsoper hatte. Nina gab sich bei der Sängerin große Mühe. Sie erzählte meiner Mutter, wie unaufgeräumt diese Künstler lebten, sie bügelten ihre Sachen nicht und hätten von Staubsaugen keine Ahnung. Die Sängerin war von Ninas Leistung begeistert, sie erzählte es im Theater weiter, und schon bald putzte Nina bei dem Dirigenten, dem Tenor und etlichen Mezzosopranen.

Neben dem Geld bekam sie von ihren Arbeitgebern Freikarten für Premieren. Nina fand die Oper sehr interessant, aber wenig verständlich. Unter ihren Kollegen und Freunden gab es leider niemanden, der mit ihr zusammen zu den Vorstellungen gehen wollte. Also lud sie meine Mutter ein – zur *Don Carlos*-Premiere in die Staatsoper. Meine Mutter sollte ihr erzählen, worum es da ging, Ninas Deutschkenntnisse reichten für die komplizierte Geschichte nicht aus. Meine Mutter nahm die Einladung sehr ernst. Sie las erst einmal Schillers Vorlage durch, um sich genau zu erinnern, wie das damals war mit der Prinzessin, dem Prinzen, dem König und dem Krieg.

Die beiden hatten Karten in der dritten Reihe Parterre. Auf der Bühne lagen Dutzende halbnackter Männer und stöhnten. Die moderne Inszenierung sollte die Inquisition des Mittelalters mit der heutigen Situation in Guantanamo vergleichen und darauf hinweisen, dass Menschen nach wie vor andere Menschen folterten. Gesungen wurde wenig, dafür hatte man die stöhnenden Männer im zweiten Akt ganz ausgezogen, an den Ketten hochgezogen und gekitzelt. Sie haben nicht gesungen, nur einer kicherte laut. Meine Mutter war enttäuscht.

»Auch die Oper ist nicht mehr das, was sie einmal war«, beschwerte sie sich zu Hause.

Die neue moderne Inszenierung hat sie nicht im Geringsten an den russischen »Don Carlos« erinnert. Der Schlüssel zur Kindheit hat nicht gegriffen, die Schlösser waren ausgewechselt worden. Meine Mutter konnte es Nina gar nicht erklären, was diese nackten Männer in der Oper zu suchen hatten und wieso die Prinzessin, anstatt über ihre Liebe zu singen, sich wie auf einer 1.-Mai-Demo benahm, rebellierte und bei jeder Gelegenheit auf den Tisch sprang. Nina fand die Aufführung dennoch schön, nur sehr unaufgeräumt, die Kostüme der Sänger ungebügelt, die Dekoration staubig und das Theater im Ganzen schlecht geputzt.

Zehn Bücher, die mein Leben ruiniert haben

Auf Einladung einer Literaturzeitschrift sollte ich die Frage beantworten, welche zehn Bücher mein Leben negativ beeinflusst haben. Ich überlegte lange und konnte mich nicht entscheiden. Ich kam zu dem Schluss, dass jedes Buch, das mir gefiel, mich dumm dastehen ließ. Meine Vorstellungen von einer Ordnung der Welt und von mir selbst darin stellten die Bücher völlig auf den Kopf. Sie waren immer cleverer als ihre Leser. Kaum glaubte ich, durch eigene Erfahrungen im Alltag endlich eine halbe Weisheit zu erhaschen, zeigte mir das Buch, dass ich in Wirklichkeit gar nichts wusste. Die anderen, die das Buch nicht gelesen hatten, wussten auch nichts, doch sie wussten nicht, dass sie nichts wussten. Dieses Unwissen machte sie glücklich. Am Ende verdammte ich jedes gute Buch, das mir in die Hände fiel. Es ungelesen machen konnte ich jedoch nicht mehr. Also handelte ich stets gemäß meiner aktuellen Lektüre.

Eine bekannte Theorie besagt, weil es inzwischen viel

mehr Bücher als Menschen gibt, sind auch alle Lebensläufe bereits beschrieben. Menschen handeln nach Büchern, die sie meistens nicht gelesen haben. Doch es besteht für jeden die Möglichkeit, das schon fertige Buch seines Lebens einmal aufzumachen und alles über seine Zukunft zu erfahren. Laut dieser Theorie ist es eine Herausforderung für jeden Vielleser, in seinem Gegenüber die literarische Vorlage zu erkennen, nach der er handelt. Eine solche Vorlage gibt es immer. Selbst diejenigen, die kaum oder gar nicht lesen können, handeln nach den Märchen, die sie als Kinder erzählt bekamen. Im Grunde sollte die Frage lauten, welches Märchen mein Leben beeinflusst hat.

Ich habe die Frage auch meiner Familie gestellt. Bei meiner Frau war es das »Aschenputtel«. Dank dieser Geschichte bevorzugte sie in ihrer Jugend romantische Männer, die bereit waren, eine ganze Nacht mit einem kleinen Frauenschuh in der Manteltasche die Umgebung nach ihrer Traumfrau abzusuchen. Mit solchen Prinzen vergeudete sie ihre Jugend, die Beziehungen waren nie von Dauer. Das Märchen endet damit, dass Aschenputtel den Prinzen heiratet. Was weiter passiert, schien den Autor nicht sonderlich zu interessieren. In der Realität wunderte sich meine Frau, dass die romantischen Männer es nie lassen konnten, nach ihrem Traum weiterzusuchen. Immer nach Mitternacht verschwanden die Prinzen und kamen erst am frühen Morgen zurück, leicht angetrunken, nach fremdem Parfüm riechend und jedes Mal mit einem anderen Frauenschuh in der Manteltasche. Die Romantiker sind fürs Alltägliche nicht zu gebrauchen, die Suche nach einem Ideal ist deren Leben, der Weg ist ihr Ziel.

Meine Tochter konnte »Schneewittchen und die sieben Zwerge« nicht ausstehen. Die ganze Geschichte fand sie bereits als kleines Kind total ekelhaft und alle Figuren unsympathisch. Seit ihre Oma ihr diese Geschichte vorlas, hat sie Angst vor alten Frauen, verabscheut kleine Männer, die gerne witzig sein wollen, und isst überhaupt kein Obst.

Ich musste lange überlegen, welches Märchen sich auf mein Leben auswirkte und kam zu dem Schluss: »Der gestiefelte Kater« hat es mir angetan. Die Geschichte wirkte auf den ersten Blick grotesk. Allein schon die Vorstellung, dass ein solcher Unfug wie eine sprechende Katze mehr einbringen kann als ein Haus oder eine Mühle, beeindruckte mich sehr. Dabei ließen sich die Geschichten des Katers empirisch überhaupt nicht belegen, er log unglaubwürdig und erzählte viel Quatsch. Trotzdem mochten ihn alle und hörten ihm gerne zu. Nur seinetwegen bin ich Geschichtenerzähler geworden und kann bestätigen, der Kater hat richtig gehandelt. Schauen Sie selbst, wir leben in einer unbeständigen Welt. Menschen sterben plötzlich, ihre Reichtümer landen auf dem Müll, Häuser werden zu Staub, Mühlen von Holzkäfern zerfressen, Frauenschuhe fallen auseinander. Das Einzige, was bleibt, sind die Lügen des gestiefelten Katers – vorausgesetzt, er erzählt sie spannend genug, damit die nächsten Katzengenerationen Lust haben, sie weiterzuverbreiten. Ob sie dabei Stiefel tragen, spielt keine Rolle.

Jede Ewigkeit ist schnell vorbei

Das kulturelle Angebot in meinem Kindergarten war mager. Unsere zwei Erzieherinnen hatten nicht vor, uns zu unterhalten. Die eine las die ganze Zeit, die andere aß. Deswegen ist mir der Tag so gut in Erinnerung geblieben, an dem unsere Erzieherinnen verkündeten, morgen würde ein Fotograf kommen und jeden Einzelnen von uns für die »Ewigkeit« fotografieren.

Uns hat diese Nachricht negativ berührt. Als Kleinkinder interessierten wir uns wenig für die Ewigkeit, das Hier und Heute schien uns viel bedeutsamer und spannender als alle Ewigkeiten zu sein. Wir hatten sowieso in unserem Kindergartenalltag stets mit Ewigkeiten aller Art zu kämpfen. Allein schon das Frühstück dauerte ewig, das große Warten auf die Elternteile, die einen abholen wollten, und der obligatorische Mittagsschlaf – all diese Ewigkeiten waren anstrengende, lästige Angelegenheiten, die zu lange dauerten, aber zum Glück früher oder später zu Ende waren. Nun mussten wir unsere wertvolle Spielzeit noch einer weiteren Ewigkeit opfern, der des Fotografen.

Nichtsdestotrotz waren die Kinder am nächsten Tag angetan mit der neusten sozialistischen Kindermode. Fast alle Jungs trugen Anzüge und weiße Hemden darunter, viele sogar Krawatten oder Fliegen. Sie sahen aus, als hätten sich die Greise aus dem Politbüro plötzlich in Kleinkinder verwandelt. Unsere Mädchen hatten ebenfalls ihre besten Kleider angezogen, ihre Haare waren modisch gekämmt und geföhnt worden, die Zöpfe aufwendig geflochten. Zu Hause hatten uns die Elternteile über die Wichtigkeit des Fototermins aufgeklärt und darüber, dass wir auf keinen Fall in unserer Uniform draußen spielen durften. Wir dürften nicht schwitzen, nicht flitzen und am besten nicht mal auf die Toilette gehen.

Den ganzen Tag standen wir wie Mumien in der Pyramide in unseren Kostümen da. Der Fotograf kam nicht. Die Kinder waren sauer.

»Ist bestimmt ein Alkoholiker, dieser Fotograf. Alkoholiker kommen immer zu spät«, sagten einige, die sich mit Alkoholikern auskannten.

Am Ende des Tages hieß es, der Fotograf hätte in einem anderen Kindergarten zu viele Kinder fotografiert und sei müde geworden, würde aber morgen zu uns kommen. Der nächste Tag war ein Mittwoch. Am Mittwoch bekamen wir immer Buchweizen zu Mittag, der sich perfekt zum Spucken eignete. Unsere Klamotten verloren dadurch gegen Abend etwas an Eleganz und Schick, aber das spielte keine Rolle, denn der Fotograf kam wieder nicht. Unsere Vermutung, dass es sich bei ihm um einen Säufer handelte, verstärkte sich.

Er roch dann tatsächlich etwas eigenartig, als er am Freitag spätabends doch noch kam. Das Warten hatte sich zu diesem Zeitpunkt bereits entspannt. Wir trugen zwar noch immer unsere Anzüge, doch sie waren nichts mehr für die Ewigkeit. Die Jungs hatten es inzwischen geschafft, die Zöpfe der Mädchen zu entflechten, im Gegenzug halfen die Mädchen den Jungs, sich an ihren Krawatten aufzuhängen. Unsere weißen Hemden waren grau geworden, die Anzüge mit Buchweizen befleckt.

Den Fotografen kümmerte unser Aussehen nicht. Als jemand, der professionell Kindergartenkinder für die Ewigkeit fotografierte, war er auf eine solche Entwicklung gefasst und stellte für uns zwei Papierwände mit gemalten Menschen auf. In der Mitte jeder Papierwand befand sich ein Loch, in das der zu Fotografierende seinen Kopf stecken musste und möglichst nicht lachen sollte. Zwei Landschaften waren zu den Menschen auf diese Papierwände gemalt: eine Theaterbühne und eine Rakete im Weltall. Die Mädchen sollten als Ballerinen, die Jungs als Kosmonauten verewigt werden. Der Fotograf zeigte hohe Professionalität, die Fotosession ging blitzschnell über die Bühne. Kosmonaut und Ballerina, aus heutiger Sicht sind sie ein seltsames Paar. Meine Kinder würden sich eher als Rock- oder Filmstars sehen wollen. Doch damals galten für unser Land offiziell genau diese beiden Berufsgruppen als besonders begehrt.

Ich glaube nicht, dass jemand aus meinem Kindergarten es geschafft hat, die damalige Papierwand Realität werden zu lassen. Es gibt nie genug Raketen und Theaterbühnen für alle. Und überhaupt, wenn ich mir heute dieses Foto anschaue, ich im Helm, in einer Kapsel sitzend mit dem schwarzen Weltall im Hintergrund, bekomme ich allmählich das Gefühl, dass wir die Realität gründlich ignoriert haben. Alle Zeiten sind bei uns durcheinandergekommen. Unsere kommunistische Zukunft ist im Handumdrehen Vergangenheit geworden, ohne auch nur für eine Sekunde Gegenwart gewesen zu sein. Die kapitalistische Vergangenheit wird heute als begehrtes Ziel, als bestmöglichstes Zukunftsmodell gepriesen. Und wir selbst rasen in einer komischen eiförmigen Rakete durch eine schwarze Ewigkeit, von einem betrunkenen Fotografen auf eine Papierwand gepinselt.

Wladimir Kaminer

Coole Eltern leben länger

192 Seiten
Auch als E-Book erhältlich.

Wenn die Kinder erwachsen werden, beginnt für viele Eltern ein Albtraum namens Pubertät. Das muss nicht sein! Wladimir Kaminer und seine Familie stürzen sich munter in dieses Abenteuer aus Facebook-Partys, unsichtbaren Schnurrbärten, Liebeskummer und der Frage, ob man das Haus in einer kreativ zerlöcherten Jeans verlassen darf, die kaum noch als Rock durchgehen würde. Die Rebellion im Kinderzimmer ist ohnehin nicht aufzuhalten, besser also, sich mit Gelassenheit zu wappnen, die Flatrate jenes Anbieters zu erwerben, bei dem die Freundin des Sohnes Kundin ist, und die Kinder auch einmal in Ruhe vor sich hin reifen lassen.

Überall, wo es Bücher gibt, und MANHATTAN unter www.manhattan-verlag.de